어느 날, 남편이 내 곁을 떠났습니다

어느 날, 남편이 내 곁을 떠났습니다

초판 1쇄 인쇄 2023년 8월 25일
초판 1쇄 발행 2023년 9월 1일

지은이 한수정

펴낸이 우세웅
기획편집 김휘연
본문편집 한희진
표지디자인 김세경
본문디자인 이유진

종이 페이퍼프라이스㈜
인쇄 (주)다온피앤피

펴낸곳 슬로디미디어그룹
신고번호 제25100-2017-000035호
신고년월일 2017년 6월 13일
주소 서울특별시 마포구 월드컵북로 400, 상암동 서울산업진흥원(문화콘텐츠센터)5층 22호

전화 02)493-7780 | **팩스** 0303)3442-7780
전자우편 slody925@gmail.com(원고투고·사업제휴)
홈페이지 slodymedia.modoo.at | **블로그** slodymedia.xyz
페이스북·인스타그램 slodymedia

ISBN 979-11-6785-149-9 (03810)

사랑하는 사람과의 사별 후,
아픔을 딛고 나아가는 이야기

어느 날,
남편이
내 곁을 떠났습니다

한수정 지음

SEOLREM
설렘

프롤로그

죽음이 슬픈 이유는 생명이 다한다는 현상 그 자체보다, 어쩌면 다시는 만날 수 없는 영원한 이별을 해야 하기 때문이 아닐까.

모든 생명체가 이곳에서 생명을 얻어 살다가 죽는다는 건 이해하려 하지 않아도 당연하게 받아들여지는 일이다. 생이 멈추는 현상은 당연하게 여겨지는 일인데, 죽음이 슬픈 건, 그로 인해 함께 하던 누군가와의 영원한, 내지는 기약 없는 이별을 해야 하기 때문일 것이다.

같은 하늘 아래에서의 이별조차도 언제나 아프고 슬펐다. 하물며 누군가의 죽음으로 인한 사별은 오죽할까. 남편과의 사별은, 경험하지 않을 수 있다면, 영원히 경험하고 싶지 않은 아픔이었다.

죽음이라는 건 당연히 존재하는 것이지만, 그 당연한 것이 존재하지 않았으면 좋겠다는 생각을 했다. 남겨진 자가 겪어내야 할 슬픔이나 아픔 따위가 가혹할 만큼 크기 때문이다. 이곳을 떠나는 경험을 아직 해보지 못한 남겨진 자로서, 남겨진 자의 마음만 헤아려 보게 된다.

아픔이 컸던 만큼 죽음이라는 현상을 증오했다. 슬펐던 만큼 죽음이 이 세상에 존재하지 않기를 원했다.

나는 떠난 자가 아니고 남겨진 자이기 때문에, 남겨진 사람의 마음밖에 알지 못한다. 죽은 사람은 어떤 마음일까? 이곳에 모든 걸 남기고 떠나기에 아쉬운 마음은 있지만 홀가분할 것 같다. 미련은 없이 홀가분함만 있을까, 떠난 자가 사랑했던, 남겨진 사람들이 아파하는 걸 볼 수는 있을까 하는 생각을 해봤다.

이 세상을 떠나는 사람, 그로 인해 남겨지는 사람이 존재한다. 밤과 아침이 존재하는 것과 같다.

해가 지면 밤이 오고, 밤이 지나면 해 뜨는 아침이 오는 것은 당연한 이치이며 결코 거스를 수 없는 것이다. 죽음, 그로 인한 이별은 거스를 수 없는 세상의 이치이다. 영영 겪고 싶지 않고 애써 외면하고 싶어도 결국에는 받아들여야 하는 것이다.

이 세상에서 영원히 이별하지 않을 수 있는 존재는 없다. 생명을 가진 모든 건 결국에는 생을 다하게 된다. 그리고 함께하던 이들과 이별하게 된다. 헤어짐을 위해 만남이 존재하는 게 아닐까 하는 생각마저 든다.

사별로 인한 아픔이 큰 건 당연한 일이다. 아파하는 것이 당연하다. 커다란 아픔일지라도 해가 뜨고 지는 것처럼, 그렇게 매일 겪어내다 보면 그 아픔은 더 이상 낯설거나 특별하지 않고 자연스럽게 받아들여질 것이다. 적응이 되면 무뎌질 것이고 무뎌진 후에는 아픔이 느껴지지 않을 만큼 괜찮아질 것이다.

살아가면서 겪는 많은 고통이나 아픔도 마찬가지다. 살다 보니, 환희의 순간 이상으로 고난의 순간이 많았다. 나만 그런 것이 아니고 모두가 그런 것 같았다. 삶에 환희와 고난의 순간이 공존하는 것 역시 당연한 이치인가 보다.

고난의 순간에는 그것이 영원할 것 같지만, 영원했던 적은 없었다. 생이 영원하지 않은 것처럼 말이다. 시간이 흐르면, 아픔이 없어지지 않더라도 결국에는 무뎌지기는 했다.

살아있다는 이유로 내 의지와 상관없이 겪게 되는 고난이라면, 고난의 순간마다 아파하기 보다는, 그것을 최대한 무던하게 받아들이고 내 마음을 위로하는 법을 찾아야 한다.

고난도 겪어본 사람이 경험만큼 아픔에 휘둘리지 않는 방법을 터득해 나가는 것 같다. 나 역시 처음부터 잘 되었던 건 아니다. 숱한 시련을 경험하고 아파하며 아픔을 이겨내는 방법을 찾기 시작했다.

40년 인생을 살면서 겪은 고난 중 가장 컸던 남편과의 사별이라는 사건, 그로 인한 아픔을 받아들이고 또 이렇게 살아가는 이야기를 이 책에 담았다. 이 책 속의 한 구절이라도 이별로 힘들어하는 당신, 끝이 없어 보이는 시련에 지친 당신, 죽음을 생각할 만큼 고통 속에 있는 당신, 사랑하는 사람이 있는 당신, 스스로 옥죄는 욕심으로 괴로운 당신의 마음에 닿기를. 마음에 닿은 그 작은 위로가 잔잔하게 퍼져 차갑게 얼어붙었던 마음이 녹아내릴 수 있기를 바라본다.

한수정

차례

Part 2.

4-1=? 남겨진 나, 우리는…?

Part 3.

여전히 서툰 이별

Part 4.

2+1=! 행복할 수 있는 연습

Part 5.

완벽한 이별은 조금 천천히

Part 6.

오늘부터 1일

Part 1.

낯선 이별의 타이밍

심장이
쿵

2019년, 11월 중순의 주일 날 아침, 여느 때와 다름없이 나는 두 아이와 교회 갈 채비를 하느라 분주했다.

늘 일에 치여 사는 남편은 쌓인 일을 한다고 전날 저녁 병원으로 갔다. 터덜터덜 걸어 나서는 기운 없는 발걸음에 왠지 가슴 한편이 짠해 왔다. 둘째가 놀아 달라 어리광을 부리며 매달려봤지만 남편은 매정히 아이의 손을 뿌리치고 문밖으로 사라졌다.

냉정도 연습이 필요했다. 마음이 약해져 시간을 지체하다 보면 그만큼 일이 쌓였다. 결국 힘듦은 고스란히 남편의 시간을 다시 채웠다. 그 압박감을 반복해서 겪다 보니 아무리 사랑 많은 아빠라도 냉정해지고야 말았다.

아쉬워하는 두 녀석을 간신히 식탁에 앉혔다. 두 아이가 아침밥을 먹는 틈에 나는 얼른 씻어야겠다 싶어 화장실로 뛰어갔다. 아들 둘 키우는 집의 아침은 바쁜 게 평범한 일상이라 이젠 익숙해지기도 했다. 원래 인간은 멀티가 안 된다고 하는데 대한민국에 멀티가 안 되는 엄마는 없다는 건 어떻게 해석해야 할까. 비비크림을 고르게 펴 바르는 동안에도 어쩌면 이런 생각을 하고 있었을지 모르겠다.

그때, 핸드폰 벨이 울렸다. 큰 아이가 팔을 뻗어 냅다 전화를 받았다.

"여보세요. 할머니."

"엄마 바꿔라."

"할머니 어쩐 일이세요?"

"엄마 바꿔라."

핸드폰 너머로 어머님의 다급한 목소리가 들렸다. 찰나의 순간이었지만 마치 벼랑 끝에서 들려오는 아득한 음성처럼 심장을 서늘하게 긁고 지나갔다. 평소 어머니의 다정다감한 목소리가 아니었다. 알 수 없는 불안감이 삽시간 몸을 휘감듯 조여왔다.

"여보세요. 어머님?"

"…건이 아빠가…"

"네, 건이 아빠가 왜요?"

"죽었다고 병원에서 연락이 왔다."

순간 "네?"라고 자동 반문을 했다. 하지만 어디까지나 예상치 못한 상황에 대한 일종의 놀라움 표현이었을 뿐, 그때까지 죽음이란 말이 무슨 의미인지, 누구 이야기인지 내 머리는 전혀 인식하지 못했다.

수화기를 사이에 두고 정적이 흘렀다.

'죽었다?' '죽었다!' '누가?' '건이 아빠가?' '내 남편이?' '어제까지 멀쩡하던 사람이?' '왜?' '지금 누가 장난을 치는 건가?'

귓전에는 '죽었다'란 말만 왱왱 돌뿐 그 외에는 어떤 말도 다 튕겨냈다. 나는 마치 언어를 잃어버린 사람처럼 말문이 막혔다.

"듣고 있니?"

어머님의 날선 목소리가 정신 차리라는 듯 회초리처럼 날아들었다.

"네…"

힘겹게 말은 했지만 더 이상 어떤 말도 이을 수가 없었다. 남편이 죽었다는데, 이걸 인정하는 순간 정말 죽은 사람이 되어버릴 것 같아서였다.

그저 '어떻게 하지?'하는 질문만 마음을 어지럽히고 있었다.

신문지상에서 숱하게 보고 들었던 '죽다'라는 익숙한 동사가 내 일이 되었을 때 이 죽음이 내게 얼마나 낯설고 먼 일인가를 느꼈다. 현실 감각은 전혀 없었고 이 상황을 믿을 수 없었으며 할 수만 있다면 도망이라도 쳐서 '죽었다'는 낯선 동사를 남편을 아는 모든 사람들로부터 떼어내서 최대한 멀리 던져버리고 싶었다.

감정과 생각을 담당하는 영역이 고장난 게 분명했다. 감정회로, 생각회로가 멈춰버려 당장 어떤 감정을 느낄 수도, 생각을 할 수도 없었다. 이 와중에도 아이들을 지켜야 한다는 생각만큼은 선명했다.

"얘들아, 아빠가 병원에서 무슨 일이 있어서, 엄마가 가 봐야 할 것 같아. 별일 아니니까 걱정 말고. 우선 이모 집에 가 있자."

"정말 별일 없는 거지?"

"응, 걱정 마."

아이들에게는 당장 아빠의 죽음을 알릴 수가 없었다. '그렇다 해도 어떻게 이렇게 침착할 수 있는 거지?' 아이들에게 평온한 얼굴을 하고 있는 나 자신이 이해되지 않았지만, 아무래도 좋았다. 지금은 차라리 감정이 마비되어버린 편이 나을지도 몰랐다.

어머니는 먼저 응급실로 간다고 했다. 나는 곧장 언니에게 문자를 보냈다. 남편이 세상을 떠났다고. 응급실에 가야 하니 아이들을 잠시 맡기겠다고. 전화가 왔다.

"수정아! 무슨 일이야! 정말이야?"

"응. 자세한 얘기는 나중에 하자. 아직 애들은 모르니 잠시 언니 집에 데려다 놓을게."

생각은 쏟아지는데 담아지지 않고 가슴은 요동치는데 표정으로 드러나지 않았다. 뜨겁고 동시에 섬뜩하리만큼 차가운 것이 공존하는, 생전 처음 느끼는 이 느낌을 무어라 표현할 길이 없었다. 그 와중에 몸을 움직여 옷장을 열었고 평소 입던 옷에 손을 뻗다 멈칫했다. 그리곤 잠시 호흡을 가다듬은 후 검은 옷이 걸린 옷걸이로 손을 옮겼다.

아이들을 차에 태우고 시동을 걸어 큰길로 차를 몰았다. 일요일 오전이라 그런지 길은 한산했다. 평소 빽빽하던 길마저 적막했다. 시간이 멈춰버린 것 같았다. 아니 아예 다른 세상에 들어선 낯섦과 두려움만이 가득했다. 언니네 집에 아이들을 내려다 놓고, 말 잘 듣고 있으라는 말과 함께 머리를 쓰다듬어 주었다.

택시를 잡았다. 서둘러야 하는데 서둘러지지가 않았다. 가서 볼 자신이 없었으니까. 달아날 수만 있다면 정말 달아나고 싶었던 것일지도 모르겠다.

"××병원 응급실로 가주세요."

시간이 느리게 흐르길 바랐다. 가능하면 천천히 도착하길 바랐지만 그날따라 길은 막히지 않았다. 차는 시원하게도 달려갔다. 사람 속도 모르고.

아무 말 없이 가만히 택시에 앉아 그저 손만 만지작거렸다. 핸드폰 너머로 남편의 부고를 들은 순간부터 응급실에 도착할 때까지 이상하리만치 나는 차분했다. 조금만 놀래켜도 자지러지는 평소의 나는 온데간데없었다. 나 자신도 믿기 힘든 침착함을 유지하고 있었다.

어느덧 택시는 병원 응급실 앞 승강장으로 들어서고 있었다. 차창 밖으로 병원의 창백하리만큼 하얀 벽이 눈에 들어왔다. 택시는 천천히 멈췄다.

느릿느릿 택시비를 내고 내렸다. 백 걸음은 걸어야 응급실에 닿을 수 있다면 얼마나 좋았을까, 두어 걸음 걸으니 스르르 자동문이 열렸다. 응급실 입구 쪽 작은 방 앞에 두 사람이 서 있었다. 같은 과 교수와 과장이었다. 눈을 마주치자마자 고개를 숙이는 그 모습에 또 한 번 가슴이 철렁했다.

"죄송합니다."

실낱같은 희망마저 타들어가는 순간이었다.

"저 못 들어가겠어요. 못 보겠어요."

이제는 정말로, 현실로 마주해야 할 순간이었다. 심장이 가

빠졌다. 맞잡은 두 손 사이로 엇갈린 손가락만 꼼지락 거렸다. 후우, 호흡을 길게 내뱉었다. 마음을 다잡았다. 이제 그를 보러 가야 했다. 떨어지지 않는 걸음을 한걸음씩 가까스로 옮겼다. 문에 가까워지자 희미한 울음소리가 차츰 선명하게 들려왔다. 어머님의 통곡소리였다. 더는 지체할 수 없었다. 마른 침을 꿀꺽 삼키고 버튼을 눌렀다.

닫힌 문이 열리고 하얀 베드 위에 누워있는 낯익은 얼굴이 보였다.

한 걸음씩 천천히 그에게 다가갔다. 남편은 입을 살짝 벌린 채 잠들어 있었다. 꼭 그렇게 보였다. 그저 피곤에 절어 지쳐 잠든 평소와 다르지 않은 모습이었다.

이상했다. 분명 잠든 모습이었는데, 얼굴빛이 이상했다. 얼굴빛은 이상한데, 좋은 꿈을 꾸고 있는 것처럼 편안해 보였다.

그의 얼굴을 바라보자 요동치던 심장이 어느새 잔잔해졌다. 이렇게 내 앞에서 잠들어 있는 이 사람이 죽었다는 사실이 믿기지 않았다. 얼굴을 어루만질 용기도, 손을 잡아볼 용기도 나지 않았다. 한참을 그렇게 내 손가락만 만지작거리며 서 있었다.

얼마나 시간이 지났을까 겨우 언 몸을 움직여 그에게 가까이 다가갔다. 누워있는 그의 옆에 앉았다. 조심스레 그의 손을 감싸듯 잡았다. 싸늘해진 피부를 타고 손끝으로 낯선 그를 느껴야만 했다. 차갑고, 딱딱했다.

참 오랜만이었다. 그의 손을 잡은 것이. 이럴 줄 알았다면, 평소에 자주 잡아줄걸. 손잡는 게 뭐 그렇게 어렵다고, 이렇게 오랜만에 잡았을까. '이미 내 곁을 떠나버린, 당신의 손을 이제야 잡았구나…'하는 후회가 밀려들자, 그제야 '죽음'이란 말이 내게로 다가왔다.

"이게 뭐야!"

이 세상 사람이 아닌 그를 마주하고, 그에게 처음 내뱉은 말이었다.

정말 이게 뭐야. 일 한다고 나가더니, 하루아침에 이렇게 싸늘하게 내 앞에 나타났어. 이렇게 차갑고 딱딱해져 버린 손을 잡게 하면 대체 난 어떻게 하라고…….

아이들…!

병원에서 안내하는 대로 빈소를 마련하러 갔다.

"유족 분께서 결정하시면 됩니다."

유족이라니… 믿기지도 익숙해질 수도 없는 말에 '네'라고 대답해야 하는 현실을 어떻게 받아들여야 할지 몰라 내내 혼란스러운 하루였다.

내게도 시부모님에게도 비극적인 하루가 동시에 찾아왔다. 우린 서로 위로를 주고받을 정신이 아니었다. 각자 겨우 정신 붙들고 무너지지 않으려 기를 쓰고 버텨내는 것 외에 서로를 위해 해 줄 수 있는 게 아무 것도 없었다.

아직 차려지지 않은 텅 빈 빈소 안에 우두커니 서 있었다. '이곳에 내 남편의 빈소가 마련된다니…' '남편 영정이 여기 세워지는 걸 내가 어떻게 볼까. 꿈은 아닐까.

인정하지 못했기에 실감 나지 않았을 뿐, 볼을 꼬집어 볼 필요도, 따귀를 때려볼 필요도 없이 꿈이 아닌 현실이었다.

"애들한테도 알려야지…"

"아이들… 아이들이 알면 과연 받아들일 수 있을까요?"

아이들을 생각하고부터 내 감정은 뒷전이 되었다. 당장 아이들 걱정에 슬픔이고 뭐고 느낄 새가 없었다. 빨리 가서 두 아이를 꼭 안아주고 싶었지만, 한편으론 두려웠다. 두 아이가 이 소식을 듣고 충격받을 걸 생각하면 내 고통쯤은 아무것도 아니었다. 영원히 미룰 수 있는 일이라면 무엇을 희생해서라도 그렇게 하고 싶었다.

언니네 집 앞에 도착해서 곧장 들어가지 못하고 몇 번이나 숨을 골랐는지 모른다.

"엄마 왔어. 애들아."

"아빠는?"

"…아빠는… 아빠는… 그동안 정말 열심히 일하셨잖아. 아빠가 너무 열심히 일하시다가 아픈 것도 몰랐나 봐. 갑자기… 하늘나라에 가셨어."

나는 애써 덤덤하게 소식을 전했다.

"뭐라고? 말도 안 돼!"
"우리 아빠가 왜 죽어!"

꺼이꺼이 울음이 터진 둘째와, 너무 놀라 울지도 못하고 멍하게 있는 첫째 손을 꼭 잡았다.

"아빠가 정말 최선을 다하다가 가신 거니까, 편하게 보내 드리자. 그리고 남은 우리 셋이 힘내서 잘 살아 보자."

옆에서는 언니와 조카가 울고 있었다. 첫째와 동갑인 조카는 아빠 없는 아이가 된 사촌이 너무 가여워서 그렇게 눈물이 났다고 한다. 그 어린 것들도 온몸으로 덮친 슬픔을 알았나보다. 떠난 사람에게도 남겨진 사람에게도 죽음이란 사건은 피할 수 없는 아픔이라는 것을 말이다.

장례식장으로 가는 차 안, 나는 양쪽에 앉은 두 아이 손을 꼭 잡아줬다. 내가 잡아줄 수 있는 한 최대한 따뜻하게.

장례식장에 올라가기 전 상복을 맞췄다. 가게 점원이 어린 두 아이가 상복으로 갈아입고 나온 모습을 보고 눈물을 훔쳤다. 유족 앞에서 눈물을 보이는 게 미안했는지 눈가를 훔치고는 서둘러 안으로 들어갔다.

나는 눈물이 나지 않았다. 눈물이 말라버린 것 같았다. 울어야 할 상황에서 울지 못했다. 울음소리조차 나지 않았다.

빈소가 차려지고 부고 소식을 들은 의대 동기들과 선후배, 교수님, 남편 친구들이 조문을 왔다. 경황이 없어 따로 부고를 알리지 못했지만 남편 근무지인 병원에서 사망했으니 소식은 삽시간에 퍼져나갔다.

곧 지인들의 전화가 빗발쳤다. 믿기 힘든 소식에 엉엉 울기만 하는 친구들도 많았다. 그럼에도 여전히 나는 차분했다. 모든 감각이 마비된 사람처럼 표정 없는 얼굴로 형식적인 감사 인사만 되풀이하고 있었다.

"수정아! 이게 무슨 일이야! 너 어떻게 해! 우리 수정이 어찌하면 좋니."

“괜찮아. 난 괜찮아. 걱정하지 마. 울지 마.”

이 상황에 오히려 내게 위로를 건네받은 사람들이 미안해했다. 내 상처의 깊이를 안 것이겠지. 그때까지 난 내가 얼마나 아픈지 깨닫지 못했다. 나도 나를 알 수가 없었다.

장례식장에 도착한 두 아이는 말없이 남편의 영정사진을 봤다. 영정사진 속 아빠의 눈과 마주친 순간, 두 아이는 무슨 생각을 했을까. 나처럼 아무 생각을 할 수가 없었을까, 어떤 슬픔도 아픔도 느낄 수 없었을까.

벌써 보고 싶어

빈소 옆에 따로 방이 하나 있었다. 장례 동안 잠시 잠깐 쉴 수 있게 배려된 공간이었다. 아이들을 데리고 방에 들어갔다. 소파에 털썩 주저앉았다. 그제야 꾹꾹 눌러뒀던 울음이 터져 나왔다. 두 아들을 생각해서라도 동요해선 안 된다는 생각에 억지로 붙들고 있던 마음이 풀리니 둑 터진 제방처럼 쓸어 담을 수 없는 울음이 쏟아졌다. 여태 그렇게 큰 소리를 내며 울어 본 적이 있었던가.

두 아이가 우는 엄마를 말없이 지켜봤다. 우는 나도 울음을 지켜보는 아이들도 당황스러운 상황이었다. 소리를 삼켜보려 억지로 걸어 잠근 목에서 뻐근한 통증이 몰려왔다.

인정하지 못하고 밀쳐냈던 남편의 죽음이 밀물처럼 내 안으로 밀려 들어왔다. 밀려드는 현실을 두 팔을 저어 물리기엔 한계가 있었던 것이다. 그제야 슬픔과 고통 그리고 알 수 없는 통증들이 혈관을 타고 온몸에 퍼져나가는 게 느껴졌다. 소리 내어 크게 울고 싶지 않았는데, 큰 울음소리가 터져 나왔다. 그리고는 그립기 시작했다. 보고 싶었다. 보고 싶다는 생각뿐이었다. 닿을 수 없는 그리움이라는 게 그 어떤 통증보다 견디기 힘들다는 것을 처음 알았다.

"보고 싶어!"

보고 싶은데 다시는 볼 수가 없는 사람이 되었다. 내 남편이.

떼쓰는 아이처럼 소파에 등을 기대고 초조하게 발을 굴렀다.

'보고 싶어 죽겠는데 영영 못 본다니, 나는 이제 어찌 살아야 할까.' 앞으로 살 수 있기는 할까.

"수정아, 그러다 쓰러져. 그만 좀 울어."

옆에서 달랬지만, 소용없었다. 멈춰지지 않았다. 울고 또 울고 그저 울기만 했다. 보고 싶은데, 당장 만나서 눈을 맞추고 대화를 나누며 이 세상에 함께 살고 있음을 느끼고 싶은데, 이제는 그럴 수가 없었다. 당연했던 일상이 이제는 당연하지 않은 일이 되었다.

"…수정아, 울지 말고, 우선 이 물 좀 마셔."

"너무 보고 싶어. 앞으로 어떻게 하면 좋아?"

'……'

꾸역꾸역 울음을 참고 있던 언니도 남편이 보고 싶다는 말에 울음이 터지고 말았다. 함께 울어주는 것 외에 무얼 해줄 수 있었을까.

"엄마 이것 좀 먹어 봐."

둘째가 사탕을 쥐어 줬다.

"엄마 게임을 해 나처럼. 아무 생각도 안 나."

첫째 아이가 자기처럼 게임을 해보라고 했다. 어쩔 줄 모르고 울기만 하는 엄마를 어떻게든 달래보고 싶었던 모양이다.

당장 아이가 쥐어 준 사탕을 먹는다고, 게임을 한다고 남편을 볼 수 있다면 얼마나 좋을까. 격하게 실감나고 있지만, 사실은 이게 꿈이라고 누가 와서 잠을 깨워주면 얼마나 좋을까.

이미 맥박이 멈추고 숨이 멈춰 몸이 굳어 식어버렸지만, 기적처럼 다시 살아나 나에게 걸어온다면 얼마나 좋을까.

시간을 되돌려 어제 저녁으로 돌아갈 수 있다면, 그래서 집을 나서지 못하게 막았더라면… 그랬다면 그의 운명이 바뀌지 않았을까. 이뤄질 수 있다는 티끌만 한 희망이라도 있다면 그것에라도 기대어 힘을 낼 수 있었을 텐데, 절대 이뤄질 리 없는 바람이기에 어찌할 바를 몰랐다. 남편이 보고 싶어 미치겠는 그 마음을, 가슴을 때리는 것으로밖에 표현할 수 없었다.

남편의 부고 소식을 들은 순간 이후로 시간이 멈춘 줄 알았는데, 어느새 해가 지고 밤이 왔다. 그와 나의 시간은 멈췄지만, 세상의 시간은 변함없이 흘렀다.

열두 시가 넘어 두 아이를 데리고 집에 왔다. 집에 가서 아이들 편히 재우고 오라는 시부모님의 배려 덕분이었다. 아이들은 피곤했는지 금세 잠이 들었다. 함께 집으로 와 준 친정엄마가 울고 있는 내 손을 잡아 줬다. 어릴 적에는 엄마가 손 잡아주면 더 이상 바랄 게 없었는데, 그런 엄마가 손을 잡아 줘도 남편에 대한 그리움은 잦아들지 않았다. 보지 못한 세월에 비례해 그리움도 커지는 줄 알았는데 아니었다. 보지 못한 지 하루밖에 안 되었는데, 사무치도록 보고 싶고 그리웠다.

울다가 나도 모르는 새 잠들었다. 눈을 떴다. 끔벅끔벅.

어제 일어난 일은 꿈이 아니었다. 악몽이었다면 좋았을 텐데, 실제로 일어난 일이었다. 눈물이 흘렀다. 다들 자고 있는지 조용했다. 가족들을 깨울까 봐 소리 내지 않으려 애썼다. 자꾸만 호흡이 거칠어졌다. 눈물을 닦는데 자꾸만 펑펑 쏟아져 나왔다.

"수정아, 일어났어?"

우는 소리에 잠에서 깬 친정 엄마가 달려와 나를 안아줬다. 엄마가 안아주면 이 세상 모든 아픔, 근심이 스르르 녹아내리곤 했는데, 슬픔은 여전했다. 아직도 남편이 보고 싶었다. 가슴이 미어질 만큼 보고 싶었다.

'텅 빈 이 마음이 당신을 잃은 기억 때문이라면, 당신을 부를게. 보고 싶은 만큼 마음속으로.'

곱게 꾸민 채,
잠들어 있는 거지?

아무것도 하지 않고, 그저 빈소에 있을 뿐이었는데 시간이 빠르게 흘렀다. 입관 시간이 다가오고 있었다. 남편 얼굴을 마주할 자신이 없었지만, 마지막 인사는 해야 후회가 없을 거라는 가족의 말에 용기를 내보기로 했다. 아이들은 언니 집에 맡기고 마지막으로 남편의 얼굴을 보러 갔다.

굳게 마음을 먹어도 긴장되었다. 상상하지 않아도 괴로웠다. 생각하지 않아도 아팠다.

남동생과 엄마의 손을 잡고 직원의 안내에 따라 갔다. 어딘지 모를 곳의 문이 열렸다. 그의 모습이 보였다. 응급실에 누워 있던 어두운 얼굴빛이 아니었다. 뽀얗게 화장을 하고 단정하게 차려입은 모습이었다. 곱다는 생각이 들 만큼 예쁘게 꾸민 채 눈을 감고 누워 있었다. 그냥 곤히 잠든 모습이었다.

'오빠, 그냥 자고 있는 거지…?'

잠들어 꿈을 꾸고 있는 것이 아닌 줄 아는데도, 굳이 속으로 한 번 더 물었다.

산소가 희박한 곳에 와 있는 것처럼 숨이 쉬어지지 않았다. 힘을 짜내듯 숨을 뱉었다.

가족들이 순서대로 마지막 인사를 전했다. 내 차례가 되었다. 그에게 다가갔다. 그의 볼에 손을 올렸다. 따뜻해 보이는 뽀얀 모습과 달리 그의 몸은 얼음장이었다. 깜짝 놀랄 만큼 차가웠지만 손을 뗄 수 없었다.

"오빠, 사랑했어. 고마웠어. 애들이랑 내 걱정은 하지 말고 이제 편히 쉬어."

울지 않고 씩씩하게 마지막 인사를 전했다. 내 씩씩한 목소리를 들으면 안심하고 떠날 수 있을 것 같았다. 목청껏 외쳤는데 내 목소리보다 심장 소리가 더 크게 들렸다.

갑자기 숨이 안 쉬어졌다. 숨을 쉬려고 했는데 숨 쉬는 방법이 생각나지 않았다. 옆에서 나를 살피던 남동생이 나를 들쳐 안고 그곳을 빠져나왔다.

"누나, 진정하고 숨 쉬어. 천천히 숨 쉬어 봐."

후……, 숨을 다시 쉬는 순간, 울음이 터졌다. 첫날 터진 울음소리 보다 더 큰 울음소리가 공간에 울려 퍼졌다. 이번에도 역시 내 의지대로 조절할 수 있는 것이 아니었다. 마음 깊숙한 곳 어딘가에서부터 터져 나오는 울음이었다. 남동생의 부축에 의지해 걸음을 옮기던 내 몸은 내 몸이 아닌 듯했다.

짐승 같이 크고 거친 울음소리, 내 볼을 타고 내리는 눈물, 답답해서 터질 것만 같은 마음만 인식 되었다. 울음의 시공간에 갇혔다. 주변에 아무것도 보이지 않았다. 들리지 않았다. 어떤 감정이 느껴지지도, 생각이 나지도 않았다.

빈소로 돌아왔지만 여전히 울음의 포로가 되어 다른 건 아무것도 할 수 없었다. 의식은 멀어졌다 가까워졌다 하며 눈앞에 희뿌연 필터가 쳐진 듯했다. 주위에서 웅성거리는 소리가 들려왔고 차츰 또렷하게 들렸다. 어머님의 목소리였다.

"수정아, 울지 마라. 건이 아빠는 천국 갔다. 울지 말고. 하나님께 기도하자."

내 손을 잡고 속삭이듯 기도해 주셨다. 얼마나 지났을까, 어느새 울음이 멈춰 있었다. 기도 소리에 울음이 포기하고 달아나 버렸다. 드디어 울음 속에서 벗어나 눈을 떴다.

남동생이 물을 입에 넣어 줬다. 손을 주물러 줬다. 행여 누나가 정신을 잃을까 봐 애쓰는 모습이었다.

"고마워, 현수야."

다른 손은 어머님이 잡고 계셨다.

"어머님 감사합니다. 기도 덕분에 진정 되었어요."

남편은 이제 내 곁을 떠났지만, 여전히 내 곁에 가족이 있어 다행이고 감사하다는 생각이 들었다.

목 놓아 울고 나니 괜찮아진 것 같았다. 마지막 인사처럼 이제는 씩씩하게 그를 보내 줄 수 있을 것 같았다. 적어도 그 순간만큼은 그렇게 생각했다.

하얀 가루가 되어 버린 당신

발인, 이제는 정말로 그를 떠나보내야 할 시간이 왔다. 발인 전, 병원에서 영결식이 있었다. 병원장님, 교수님, 대학 동기가 추도사를 했다. 생전 다정하고 따뜻했던 그를 추억할 수 있는 시간이었다. 싸늘해진 그의 육체만큼 차가웠던 마음이 잠시나마 언 땅에 닿은 봄볕처럼 따뜻해지는 기분이 들었다.

영결식을 마치고 화장장으로 이동했다. 남편이 잠들어 있는 무겁고 긴 상자가 불에 태워지기를 대기했다. 그 모습을 지켜보고 있자니 또다시 현실감이 무뎌지기 시작했다. 꿈인가 생시인가 싶었다.

관이 들어가고 화로가 닫히고 화장 중이라는 빨간 등이 켜진 것을 보면서도 무너지지 않았다. 그렇게 한 시간 반이 지나고, '수골 중'이란 메시지가 떴다. 유골을 확인하러 내려갔다. 심장이 다시 요동치기 시작했다. 투명한 유리 창 너머로 하얀 가루가 보였다. 미처 다 타지 못한 유골들은 따로 모은 뒤 빻는 모습이 눈앞에서 펼쳐졌다. 보고 있어도 믿기지 않았다.

나보다 한참이나 커서 울창한 나무 같았던 남편이 한 줌의 가루가 되어 버렸다. 얼마나 기가 막힌 일인가! 그의 죽음을 온몸으로 체감한 순간이었다. 다리에 힘이 풀려 그대로 주저앉아 버렸다. 이제는 정말로… 다시는 그를 만질 수도, 볼 수 없게 되었다.

울음이 터졌다. 울음의 시공간에 다시 갇혔다. 목구멍에서 거대한 울음이 쏟아졌다. 하늘을 울릴 만큼 거대한 비탄의 소리가 내 안에서 뿜어져 나왔다. 내 울음에 갇혀버리고 싶었다. 이대로 모든 게 끝나버렸으면 했다.

남편이 담긴 하얀 유골함은 불의 기운으로 아직 따뜻했다.

"누나가 안고 갈게. 이리 줘."

"아직 많이 뜨거워. 그리고 무거운데."

"괜찮아. 누나가 안고 싶어."

동생이 나에게 남편을 안겨줬다. 유골함을 품에 안았다. 눈을 꼭 감았다. 울음소리는 멈췄지만, 눈물은 소리 없이 흘렀다.

따뜻한 남편의 머리를 안고 있는 느낌이었다. 그의 마음처럼 따뜻해서, 순간 안락함이 느껴졌다. 한 손으로는 남편의 머리를 잡고, 다른 한 손으로는 부드럽게 쓰다듬어 주었다.

"오빠. 내가 많이 사랑한 거 알지? 사랑한 만큼 많이 표현해 주지 못해서 미안해. 그리고 너무 많이 고마워. 정말로 많이 고마웠어. 오빠 이렇게 갑자기 먼저 간 거 원망 안 해. 대신 하나만 약속해 줘. 애들이랑 나, 남은 인생 건강하고 행복하게 살 수 있도록 오빠가 지켜줘. 약속해 줘."

남편을 붙잡고 속닥속닥, 재잘재잘 수다를 떨었다. 정신없이 며칠 동안 쌓인 수다를 떨다 보니, 버스가 멈췄다. 추모공원에 도착했다.

11월 중순에 가까웠던 그 날은 한창이던 단풍, 은행이 지기 시작한 시기였다. 슬픈 내 마음을 대변하듯, 비가 내렸다. 비가 내렸고 차에서 내리자 몸이 오들오들 떨렸다. 몸이 시린 것인지 마음이 시린 것인지 분간이 되지 않는 추위였다.

멀리 빗속을 가르며 언니에게 맡겼던 두 아이가 뛰어오는 것이 보였다. 재빨리 눈물을 닦았다. 이제는 의지대로 눈물도, 울음도 멈출 수가 있게 되었다. 두 아이 앞에서만큼은.

남편이 하늘나라로 간지 사흘 째 되던 날 아침, 잠에서 깨자마자 울음이 터졌다. 정신 못 차리고 울고 있는 내 어깨에 토닥이는 손길이 닿았다. 우는 소리에 잠에서 깬 둘째 아이였다.

"엄마, 부탁이 있는데 들어줄 수 있어?"

"뭔데?"

"이제 제발 그만 울면 안 돼? 엄마가 우니까 내가 너무 불안해."

"알겠어. 이제 엄마 절대 안 울게. 약속할게."

아이와 약속한 후, 마음속으로 남편에게 말했다.

'오빠, 나 이제 안 울게. 준이하고 약속했어.'

그 이후로 아이들 앞에서는 울지 않을 수 있었다.

두 아이가 도착하고, 목사님의 기도 후 유골함이 묘에 들어갔다. 남편이 머물게 된 새로운 보금자리가 아름다운 곳이라 생각했다.

장례를 마치고 집에 돌아왔다. 남편의 장례 과정을 겪어냈다. 길었던 장례 절차가 마무리 되었구나, 큰 산을 무사히 넘었구나 하는 안도감이 들었지만 불안함은 여전했다.

토닥토닥, 내 가슴을 두드렸다. 지난 며칠 동안 놀라고 슬퍼하고 괴로워하고 아파하느라 고생한 내 마음을 위로해 주고 싶었다.

"고생했어. 힘든 과정 잘 겪어냈어."

여전히 낯선 이별

힘든 꿈 같았던 장례 기간이 지나고 현실로 돌아왔다. 나는 이전과 다를 바 없는 일상을 보냈다. 아니, 이전보다 조금은 더 바쁘게 지냈다. 일어나면 두 아이 학교 보내느라 부산을 떨었고, 설거지를 하고 구석구석 청소를 하며 땀을 흘렸다. 반려견 초코와 매일 산책을 했고 예전처럼 친구들도 만났다. 하교 시간에 맞춰 아이들을 맞이했고, 먹거리를 챙기고 숙제를 봐주고, 함께 놀고 지지고 볶다 보면 밤은 생각보다 빨리 찾아왔다. 그렇게 하루를 보내고 잠자리에 들면 하루를 잘 때웠다는 안도감이 들었다.

우연한 기회로 수학 과외를 시작하게 되었다. 남편의 빈자리를 대신할 바쁜 일상이 나에겐 여전히 필요했다. 과외 수업을 다녀오면 아이들 식사를 챙기고 청소와 빨래를 했다. 집에서 할 일을 찾아서 했다. 그러고 나서 틈틈이 글을 쓰기 시작했다. 정리되지 않는 나를 어떻게든 정리하고 싶었다.

나는 작은 상처도 두 눈을 뜨고 못 볼 정도로 심약한 마음을 가진 사람이다. 그런 내가 남편의 죽음을 제대로 직면해야 했으니 외면하고픈 마음이 왜 없었을까. 3일간의 장례는 내 한계를 넘어 극한의 고통을 넘나드는 경험이었다.

시간이 지나도 지난 기억을 떠올릴 때마다 고통의 크기와 생생함은 줄어들지 않고 재생되었다. 여러 감정이 뒤섞인 마음은 복잡해서 갈피를 잡기 힘들었다. 그중 가장 큰 자리를 차지한 것은 슬픔이었다. 슬픔은 감정으로 나를 괴롭히기도 했다가 한순간 돌변해 통증이 되어 내 몸을 비틀기도 했다. 아팠다. 생각만 하면 아파서 생각 하지 않을 방법을 생각해 내는 것이 최선이었다. 그래서 나는 바쁘게 살았다. 생각나지 않을 만큼 정신없이 바쁘게 살아야만 했다.

생각하지 않아도, 바쁘게 일을 할 때에도 뭔지 모를 무언가가 가슴에서 희미하게 느껴졌다. 아픈 것 같기도 하고 답답한 것 같기도, 불안한 것 같기도 했다. 하지만 가끔은 느껴지지 않기도 했기에, 그 정도는 그냥 내버려 뒀다.

바쁜 덕분에 슬픔을 덮어둘 수 있었다. 지울 수는 없었지만 말이다. 아무것도 하지 않고 가만히 있었다면 슬픔의 늪에 빠져 헤어 나오지 못했을 것이다.

남편의 죽음이라는 충격적인 사건을 마주한 후, 슬픈 시간 속에 갇힐 것 같았다. 하지만 매일 정신없이 바쁘게 살다 보니 시간이 빠르게 흘렀다.

바쁜 와중에 남편과의 이별이 문득 실감날 때, 슬픔은 잠시 스치듯 왔다 갔다. 꽤 자주 나에게 왔지만, 올 때마다 여전히 나에게는 낯선 종류의 슬픔이었다. 실감 나는 슬픈 꿈을 꾸다가 평소 느낄 수 없는 슬픔의 강도를 느끼고 흐느껴 울다 깼던 경험이 있다. 그때 꿈속에서 느꼈던 슬픔의 몇 배에 달하는 감정이 실제로 느껴졌다. 꿈에서나 생길 법한 일이 실제로 일어났으니, 꿈에서나 아주 가끔 느꼈던 슬픔을 현실에서 마주한 것이다.

가슴이 뻥 뚫려 텅텅 비어버린 듯 공허한데 무거웠다. 슬픈 감정이라는 날카로운 흉기가 실제로 내 가슴에 상처를 내고 문지르는 것처럼 생생하게 통증이 느껴졌다.

다행히 바쁜 일상이 슬픔을 오래 붙잡도록 허락하지 않았다. 당장 해결해야 하는 현실의 일들이 다른 생각을 못 하게 했다.

변한 게 하나도 없었다. 아침이면 해가 뜨고 밤이면 해가 졌다. 아침이면 눈을 떴고 밤이면 잠들었다. 1분 1초가 변함없이 같은 속도로 흘렀다. 하루는 24시간 그대로였다.

철없는 두 아이는 여전히 내 속을 썩여 잔소리 할 일이 많았다. 말이 잘 통하는 날에는 예쁘고, 속 썩이는 날에는 미웠다. 변함없이 철없고 씩씩하고 밝은 두 아이었다.

주말까지 나 혼자 두 아이와 시간을 보내는 것 역시 변함이 없었다. 남편은 여전히 병원에서 바쁘게 일하고 있는 것 같았다.

주말 저녁, 청소기를 돌리던 중이었다.

'이 시간쯤이면 오빠가 들어왔는데.'

이 세상 어딘가에서 일하고 있을 거라 생각하며 이전과 다를 바 없이 묵묵하게 일상을 보내던 중, 문득 남편의 부재를 실감한 순간이었다. 내 인생에 이미 일어난 역사로 바뀔 수 없는 일인데도 자꾸만 깜박하고 있다가 새삼스레 깨달았다. 깨달을 때마다 낯선 이별이었다. 그리고 그럴 때마다 멀쩡한 줄 알았던 마음에 묵직한 슬픔이 내려앉았다.

이제 그와의 이별에 적응할 때도 되지 않았나. 언제까지 이렇게 잊었다가 깨달았다가를 반복하며, 깨닫는 순간마다 처음 처럼 낯설어 하고 아파해야 하는 걸까. 괜찮아지는 날이 오기는 하는 걸까.

Part 2.

4-1=? 남겨진 나, 우리는…?

별안간 나도 내가 낯설어진 날

남편이 떠나고 얼마 지나지 않았던 어느 날 아침이었다. 친정엄마와 함께 지인을 만나러 외출하는 길에 두 아이를 학교에 태워다 주기로 했다. 두 아이 등교준비를 재촉하며 나까지 외출준비 하는 건 언제나 쉬운 일이 아니었다. 옷장 문을 열어놓고 잠시 고민하다가 밝은 레몬색 니트를 꺼내 입었다. 바쁘게 움직였는데도 지각이 코앞인 시간이 되었다. 준비를 마치고 집을 나서려던 찰나였다. 엄마가 나를 멈춰 세웠다.

"수정아, 검은색 옷으로 갈아입고 가. 검은색 아니더라도 어두운 옷으로."
"아니, 급한데 왜!"

마음이 급해 죽겠는데 갑자기 옷을 갈아입으라니 확 짜증이 났다.

"그래도 사별한 지 얼마 안 됐는데, 화사한 옷은 좀 아닌 것 같아. 지인 만났을 때 너무 환하게 웃지도 말고."

"아니, 과부는 검은색 옷만 입어야 해? 과부는 환하게 웃지 말란 법이라도 있어? 과부는 만날 슬픈 표정으로 어둡게 있어야 해?"

평소와 다르게 엄마의 지적에 짜증이 치밀었다. 졸지에 과부된 것도 서러운데 옷차림에 웃는 것까지 지적을 들어야 하는 건가 하는 서러운 마음이 들었다. 짜증을 꾹 누르고 결국 검은색 옷으로 갈아입고 집을 나섰다. 차에 타 시동을 걸 때까지 침묵이 흘렀다. 뒤에 앉아서 앞에 앉은 엄마와 나를 번갈아 보며 눈을 굴리던 둘째 아이가 고개를 앞으로 쑥 내밀며 내 귀에 대고 말했다.

"그런데 있잖아. 엄마가 과부였어?"

표정을 보니 진지해 보였다. 진지한 표정이 귀엽고 엉뚱해서 한참을 빵 터져 웃다가 대답했다.

"남편이 하늘나라로 간 부인을 과부라고 하니까, 엄마는 이제 과부가 맞지. 그런데 왜?"

"아니 난 전래동화에 소복입고 나오는 그런 사람만 과부인

줄 알았지."

옆에서 듣고 있던 큰 아이도 한 마디 했다.

"우리 엄마가 과부라니!"

굉장히 놀란 것 같은 표정으로 말하는 두 아이가 귀여워 웃음이 터졌다. 엄마도 함께 터진 웃음이었다. 그 웃음 덕분에 잠시 어색하게 흘렀던 침묵이 깨졌다. 두 아이의 천진난만함이 귀엽기도 했지만 그저 크게 웃을 수밖에 없었다. 억지로라도 말이다. 아이들 앞에서 내 신세가 처량하다며 울 수가 없는 노릇이었다.

아까는 엄마의 지적에 화가 나 별생각 없이 뱉은 말이었는데, 갑자기 내가 과부라는 사실이 실감 났다. 내가 과부라니, 마흔도 안 된 내가 과부라니! 별안간에 실감 난 내 처지가 어색하고 낯설어서 눈물이 핑 돌았다.

두 아이가 차에서 내렸다. 눈물이 흘러내리기 전에 도착할 만큼 학교가 가까워서 다행이었다. 옆에 앉은 엄마 손을 잡으며 말했다.

"엄마, 아까는 미안했어. 나도 모르게 순간적으로 짜증이 확 나서."

"아니야, 네 마음 알지. 내가 괜한 지적해서 미안해."

엄마는 내 눈물을 굳이 아는 척 하지 않았다. 엄마도 눈물 고인 눈을 나에게 맞추지 않으려 애쓰는 것처럼 보였다. 나만큼이나 우리 엄마도 낯설고 슬픈 감정을 느꼈으리라.

괜히 라디오 볼륨을 높였다. 초등학교 시절, 인기 있던 노래가 흘러 나왔다.

"내게 말해줘, 날 사랑한다고, 돌아서면 난 없을지도 몰라. 이젠 더 이상 난 기다릴 순 없어요."

오랜 세월이 흐른 노래였지만, 가사가 눈에 박힌 듯 떠올라 따라 불렀다. 이 노래가 유행곡이던 그때 그 시절에 나는, 그 순진하고 착했던 소녀는 이렇게 일찍 남편을 떠나보낼 거라 상상하지도 못 했는데…눈물이 고였다. 노래를 흥얼거리는 소녀가 가여워서였다.

그 시절 그 노래, 멜로디가 귀에 들어왔다. 가사가 가슴에 닿았다. 돌아서면 이젠 없는 남편이었다. 사랑한다고 충분히 말해 주지도 못했는데.. 눈물이 자꾸만 샘솟아 더 이상은 고여 있지 못하고 흘러넘치려 했다. 친정엄마가 속상해 할까 싶어 얼른 눈물을 닦고 라디오 채널을 돌려 버렸다.

남편이 없어도 변함없이 나에게 주어지는 여전한 하루 중에도, 몇 번이나 문득 실감하는 나의 처지에 낯설어 하며 그렇게 지내고 있었다.

보고 싶어질 때 어떻게 하나요?

대체로 실감나지 않는 나날이었다. 하지만 실제로 일어난 일이었고 이제는 현실이었다. 실감나지 않아도 부정할 수 없는 사실이 되어버렸다. 멀쩡하게 살다가 갑자기 보고 싶은 마음이 올라왔다.

아무 것도 하지 않고 가만히 있으면, 흐르는 시간이 pause, 모든 게 멈추고 남편 생각만 흘러 들어왔다. 그래서 나는 뭐라도 해야 했고, 아무거나 눈에 들어오는 대로 보고, 들리는 대로 들어야 했다. 그래야만 그 사실이 실감나지 않았다.

시간을 붙잡고 있는 것보다 빨리 흘려보내는 것이 차라리 덜 힘들었기에, 무엇이든 하며 시간을 소비해 버리고 있었다. 소파에 누워 핸드폰을 손에 쥐고 무의미하게나마 시간을 보내던 중이었다. 별 생각 없이 sns를 훑어보다가 우연히 '어느 날'이라는 노래 가사를 보게 되었다.

"어느 날 문득 그대 걷는 길가에 피어 있는 꽃이 보이거든 내가 당신을 바라보며 보내는 미소란 걸 알아주세요. 어느 날 문득 그대 잠든 창가에 떨어지는 빗방울 소리 들리거든 당신을 위해 불러 드리는 나의 노래란 걸 알아주세요."

음원을 찾아 재생했다. 온화한 목소리가 잔잔한 멜로디에 섞여 들려왔다. 그의 목소리가 들리는 것 같았다. 몸을 일으키고 앉아 가사를 자세히 들여다봤다. 노래가 끝나자마자 다시 재생, 몇 번이나 반복해서 들었다. 가사를 봤다. 그리고 또 봤다. 뜨거운 무언가가 자꾸만 시야를 가렸다. 눈물이었다. 눈물이 펑펑 쏟아져 얼굴을 타고 내려왔다. 평소 같았으면 눈물에 져 자세히 보는 걸 포기했을 텐데, 열심히 눈물을 닦아가며 가사를 봤다. 인사도 못하고 떠난 그가 노래를 빌려 나에게 마지막 인사를 해주는 것 같았기 때문이다.

우연히 알게 된 이 노래는 처음 겪어보는 이별, 그리고 그 상처로 인한 아픔을 줄여주는 진통제 같은 느낌이었다. 상처는 여전히 아물지 못했겠지만 아프지 않았다. 아니, 아픈 것 같지 않았다. 떠나고 나서도 내가 걱정되어 남편이 이 노래를 듣게 해 준 것 같다는 생각이 들었다. 우연히 듣게 된 한 곡의 노래가 원망, 미움, 미안함, 후회, 그리움 등의 아픈 감정을 달래준 순간이었다.

불현듯 남편의 죽음이 실감 날 때면, 보고 싶어도 볼 수 없는 그에 대한 그리움, 말도 없이 갑자기 내 곁을 떠난 것에 대한 원망스러움, 그리고 더 잘해주지 못한 것에 대한 미안함이 느껴졌다. 그렇게 뒤섞인 감정이 마음에 난 상처를 짓눌렀다. 아직 아물지도 못한 상처가 또 그렇게 건드려져 괴로울 만큼 아팠다. 그리움, 원망, 후회, 미안함이 결국에는 미련으로 이어져 그를 제대로 보내주지 못하고 있었다. 무의식에 남은 미련이 남편 생각을 자꾸만 소환시켰다.

'보고 싶을 때는 어떻게 해야 하나요, 이미 떠나서 이 세상에서는 다시 볼 수 없는 그 사람이 보고 싶을 때는, 그럴 때는 어떻게 해야 할까요? 이 아픔을 달랠 수는 있는 걸까요? 언제까지 아파해야 할까요? 다시 살아 돌아올 수는 없는 거겠죠!'

아무나 붙잡고 물어볼 수도 없는 노릇이었다. 물어본다고 답을 알려줄 사람이 있기는 할까. 답을 알고 있는 사람이 있을까. 어떻게 해야 하는지 알려 준다 해도, 그를 다시 살려낼 수 있는 방법은 아닐 것이다. 다시 살아나 만날 수 있다면, 내 곁 두고 함께 살 수 있다면 더 이상 아프지 않아도 될 테지만 말이다.

이 아픔은 언제까지 가는 것일까. 아픔을 감추고 아무 일 없는 척 외면하다 미안해하다 그리워하기를 반복하는 감정의 감옥에서 계속 살아야만 하는 것일까. 행복해지는 건 미안하지만, 행복해지고 싶기도 하고 이런 마음을 드러내서는 안 된다는 걸 알게 된 나를 보며 이게 산다는 건가, 이게 어른이 된다는 건가 생각했다.

죽음을 통해 지금껏 생각지 못한 질문들이 머리 위로 쏟아진 것만큼은 확실했다. 온전히 내가 찾아야 할 답이었다. 외로운 시간들이었다.

혼자 하는 사랑

함께한 세월만큼 그가 익숙했다. 익숙함이 사랑을 망각시켰다. 평생 함께하는 것, 곁에 있는 것이 당연했다. 우리 사이에 사랑은 당연히 전제되어 있기에 표현하지 않아도 알거라 생각했다. 표현하지 않는 것에 적응해 사랑의 존재를 나조차도 잊은 채 살아 왔다.

여전히 나는 그를 사랑하고 있었다. 익숙함에 속아, 당장 나를 괴롭히는 시련에 휘둘리느라 그 사랑을 미처 알아차리지 못했다. 이미 차갑게 굳어 버린 그의 손을 잡고서야 알았다. 가루가 된 그를 안고서야 새삼 사랑하고 있는 내 마음을 느꼈다. 그가 내 곁에 없게 되어서야 비로소 깨달았다.

그가 떠나고 난 다음에서야 깨닫게 된 나를 탓하고 있었다. 그럴수록 괴로운데, 자책밖에 할 수 있는 것이 없었다. 사랑한다고 말하고 싶은데, 사랑해주고 싶은데 그럴 수가 없었다. 진작 사랑한다고 말해줄걸. 자주 말해줄걸.

누군가는 이별한 상대에게 미안하다는 말을 하지 못한 것이 후회된다고 하지만, 나는 사랑한다는 말을 많이 해주지 못한 것이 괴로울 만큼 후회되었다.

나는 여전히 그를 사랑하고 있었다. 그는 더 이상 나를 사랑할 수 없는데, 이미 이곳을 떠나 나를 사랑해 줄 수 없는데 말이다. 나는 볼 수도, 들을 수도, 만질 수도 없는 그를 그렇게 혼자서 사랑하고 있었다. 사랑하면 마음이 채워지는 게 아니었던가. 분명 사랑하고 있는데 내 마음은 여전히 허전했다. 아무것도 채워지지 않고 공허함, 쓸쓸함만 남은 채로 말이다. 숱한 짝사랑 중에도 설렘으로 가슴이 몽글몽글 차올랐는데, 이 세상에 남겨진 내가 혼자 하는 사랑은 그렇게 아프고 쓸쓸하기만 했다.

맑고 파란 하늘을 볼 때도, 다홍빛 노을 지는 하늘을 볼 때도, 깜깜한 밤하늘을 볼 때도 그 생각이 났다. 맛있는 걸 먹을 때나 추억이 담긴 노래를 들을 때, 드라마를 볼 때, 좋은 곳에 갔을 때 그와 함께 하고 싶었다. 되는 일이 하나도 없어 울고 싶은 날에는 그의 어깨에 기대고 싶었다. 생각나는 순간, 함께 하고 싶은 순간이 많았지만, 더 이상 함께하지 못하는 혼자만의 사랑이었다.

그럼에도 불구하고, 나는 혼자 하는 사랑을 당장은 놓지 않을 생각이었다. 그에게 받은 사랑이 고마워서, 새삼스레 깨달은 사랑이 아까워서, 사랑하는 이 마음을 접으려면 그를 놓아야 할 것 같아서였다. 겉으로는 여전히 무뚝뚝한 척 티내지 않았지만 나는 혼자서 사랑하고 있었다.

그와 이별 후에 새삼 깨달은 이 사랑은 이별에 대한 두려움은 없어도 될 것 같았다. 다시 이별할 일은 없을 테니 말이다. 이미 끝났지만 영원할 것 같은 그런 사랑이었다.

남겨진 나,
겁이 나

불안을 느끼는 많은 이유 중 가장 큰 부분을 차지하는 두 가지는 정신에 지속적인 영향을 주는 과거의 격렬한 감정적 충격(트라우마)과 미래의 불확실성이라고 생각한다.

사별이 나에게 이 두 가지 이유로 인한 커다란 불안을 느끼게 했다. 남편의 죽음이라는 과거의 사건이 큰 충격으로 감정에 남았다. 거기에다가 갑작스러운 남편의 부재로 인한 변화가 어떻게 흘러갈지 전혀 알 수가 없었기에 불안했다.

큰 일 없는 일상 속에서도 내일을, 미래를 예측할 수 없기에 불안해하고 조바심 내며 살아 왔다. 마음을 비우고 편하게 생각하고자 노력해도 쉽지 않았다. 미래를 어느 정도라도 예상할 수 있다면 조금은 덜 불안해하며 살 수 있지 않을까 생각했다.

그런데 갑자기 내 일상에 이렇게나 큰 변화가 생겼으니, 미래에 대한 두려움이 격하게 들 수밖에 없었다. 남편이 세상을 떠났던 그 날, 당장 남편 없이 우리 셋만 남아 불완전해진 우리 가정은 앞으로 어떻게 될까 막막했다. 경제적인 부분에서부터 정서적인 부분까지 어느 것 하나 걱정되지 않은 것이 없었다. 이러한 신변의 변화로 인해 나도 모르게 내가 좋지 않은 방향으로 변할까 봐 두려웠다.

가까운 가족 중 한 사람이 젊은 나이에 과부가 되어, 힘든 세월을 보냈다. 힘들고 고단하지만 성실하게 보낸 세월만큼, 성실함에 보상을 받은 듯, 현재는 남부럽지 않은 삶을 살고 있다. 이제 편하고 행복하게 살면 될 것 같은데, 그다지 행복해 보이지 않는다. 행복한 방법을 모르는 것 같아 보인다. 고생스럽고 서글펐던 과거의 기억과 상처가 피해의식, 열등감 같은 것을 내면에 남기고 간 것 같다. 오랜 세월이 지났는데도 여전히 남아있는 상처가 그녀뿐 아니라 주변 사람까지도 힘들게 한다.

내가 아무리 노력한다 해도 남편 없이 살다 보면 서럽고 서글픈 일이 있을 수밖에 없을 텐데, 그런 일을 겪다 보면 나도 모르는 새 피해의식과 열등감이 생길 것 같았다. 내가 어릴 적부터 봐 온 그 가족의 모습처럼 말이다. 미래에 대한 이런 고민을 지인에게 털어 놓았던 적이 있다.

"결핍과 서러움이 피해의식이나 열등감을 만들까 봐, 그래서 내가 이상해질까 봐 걱정이에요."

"수정아, 일어나지 않은 일에 대해서는 미리 걱정하지 마."

짧은 한 마디가 크게 와 닿았다. 그 이후로 나는 미래의 불확실함으로 인한 불안은 어느 정도 다스릴 수 있게 되었다. 일어나지 않은 미래에 대한 걱정이나 불안 따위의 부정적 생각을 줄일 수 있었다.

이미 돌이킬 수 없는 과거가 되어버린 그 날의 기억은 잊고 싶었지만 자꾸만 불쑥불쑥 떠올랐다. 남편이 떠났다는 전화를 받던 순간, 응급실에 누워있던 남편, 관에 들어가기 전 곱게 꾸민 채 누워 있던 그의 모습, 그가 가루가 된 걸 확인하던 순간이 예고 없이 떠올랐다. 그리고 떠오를 때마다 그 순간 느꼈던 격한 감정이 고스란히 느껴졌다.

세수하려 눈 감으면 그가 보였다. 자려고 눈 감으면 그가 떠올랐다. 그럴 때는 슬프기보다 무서웠다. 세수하는 와중에도 눈을 번쩍 떴다. 엉덩이만 대면 잠들던 나는 눈 감으면 떠오르는 그의 모습에 잠 못 이루고 뒤척이는 밤이 많아졌다.

핸드폰 벨만 울려도 심장이 철렁 내려앉는 듯했다. 전화를 받는 것이 겁났다. 핸드폰 너머로 충격적인 소식을 듣게 될까 싶은 두려움 때문이었다.

"여보세요?"

전화를 받으면서 불안함에 가슴이 심하게 두근거렸다. 별일 아닌 것을 확인하고 나서야 안심했다.

"어휴, 난 또 무슨 일 있나 해서 깜짝 놀랐네."

내가 전화 받는 걸 힘들어하니, 친구들은 전화 대신 카톡이나 문자로 연락을 해야 할 정도였다.

두 아이와 연락이 되어야 할 상황에 한 번만 연락이 안 닿아도 호흡이 빨라져 숨쉬기가 힘들었다. 나에게 가장 소중한 두 아이의 죽음에 대한 불안이 비정상적으로 커졌기 때문이다. 막연하게 있던 죽음의 두려움이 실체가 되어 나를 옭아맸다. 멀게만 느껴졌던 사랑하는 사람의 죽음을 현실로 겪으니, 가족 특히 아이들의 죽음에 대한 공포가 엄습했다.

미래에 대한 불안은 어느 정도 긍정의 힘에 기대어 다스릴 수 있었지만 과거의 충격으로 인한 불안은 내 의지대로 다스릴 수 없었다. 의지대로 다스릴 수 없음에도, 일상을 살아내야 했기에 불안함에 휘둘리지 않으려 애썼다.

'괜찮아, 괜찮아. 별일 없을 거야.'

주문을 걸 듯 중얼거리거나 꼬리에 꼬리를 무는 불안한 생각을 억지로 멈췄다. 도리도리 고개를 휘젓거나 노래를 크게 틀었다. 그러면 조금은 진정 되는 것 같았다. 불안함에 얽매이지 않기 위해 내가 할 수 있는 최선이었다.

그 날의 충격적인 기억으로 인한 트라우마를 극복하겠다는 생각은 감히 하지 못하고 있었다. 막연하게 세월이 흘러 기억이 흐려지면 나아지지 않을까라고 생각했다.

나는 괜찮아.
괜찮은데 화가 나

나는 괜찮았다. 갑자기 훅 밀려오는 슬픔이나 불안에 눈물이 나거나 심장이 벌렁벌렁 하기는 했지만, 대체로는 아무 일 없었다는 듯 변함없이 잘 지냈다. 오히려 별것 아닌 일에 더 잘 웃고, 사별한 나를 위로해주려 만난 사람들을 도리어 내가 위로하기도 하며 씩씩하게 지냈다.

"난 괜찮아. 그러니까 너도 내 생각하면서 슬퍼하거나 울지 않았으면 좋겠어. 너도 괜찮았으면 좋겠어."

나의 내면을 눈으로 직접 보고 객관적으로 판단할 방법이 없어서 잘은 모르겠지만 정말로 나는 괜찮은 것 같았다.

다만, 아이들이 아빠가 보고 싶다며 슬퍼할 때나 멀쩡한 아이들이 졸지에 아빠 없는 아이가 된 것을 실감할 때는 화가 났다.

초등학교 6학년이던 큰 아이가 중학교 배정 관련 서류로 가족관계증명서를 학교에 제출해야 했다. 아빠는 없이 엄마와 두 아이만 적혀 있는 가족관계증명서는 볼 때마다 안타깝고 씁쓸한 감정을 느끼게 했다. 가족관계에 남편 없이 나만 있는 것이 거슬리기도 했지만, 그보다 아빠 없이 엄마만 있는 아이들이 공증되는 서류 같다는 생각에 마음이 아팠다. 혹시 아이도 완전하지 않은 가족관계가 드러난 이 종이 한 장에 마음 아플까 싶어 두 번 접어 아이에게 건넸다. 일부러 펼쳐 보지 않는 한 보지 못하도록 말이다.

다음 날 아이의 담임 선생님으로부터 연락이 왔다. 가족관계증명서 상에 아빠가 나와 있지 않은 이유를 설명하는 추가 서류가 필요하다고 했다. 사정을 아는 담임 선생님은 나에게 그런 연락한 걸 미안해하시는 것 같았다. 미안해하실 일이 아닌데 신경 써주시는 담임 선생님께 감사했다.

남편 기본증명서를 추가로 제출했다. 남편 이름 옆에 사망이라고 적혀 있는 서류였다. 사망, 글자만 봐도 가슴이 철렁하는 단어가 내 남편 이름 옆에 적혀 있었다. 보고 싶지 않아 일부러 눈을 피해버리고 마는 서류였다. 이번에도 아이가 볼 까 싶어 몇 번이나 접어 봉투에 넣은 후 밀봉까지 하여 아이에게 건넸다.

처음에는 마음이 쓰렸다. 그러다가 마음속에서 무언가 끓어올랐다. 안타까움과 아픔에서 시작한 것이 분노로 변해 끓어올랐다. 혼자 있었다면 고래고래 소리라도 지르며 쏟아 냈을 텐데, 두 아이가 옆에 있어서 속으로 삭였다. 마음속으로 원망했다. 멀쩡한 아이들을 하루아침에 이렇게 아빠 없는 아이들로 만들다니, 남편이 미웠다. 어린 두 아이를 안쓰러운 아이들로 만든 남편이 너무 많이 원망스러웠다. 내 잘못도 아이들 잘못도 아닌데, 우리를 위축되는 처지로 만든 남편에게 화가 났다. 평소 느끼는 화난 정도의 감정이 아니라 주체가 안 되는 격한 분노에 가까운 감정이었다.

'이 나쁜 놈아. 어쩌자고 그렇게 갑자기 먼저 가버려서 아빠 없는 애들을 만들어!'

속으로 한참 욕을 쏟아낸 후 시간이 지나 진정되고 나면, 아무 말 없는 남편에게 미안한 마음이 들었다. 그럴 때면 속으로 대답 없는 남편에게 사과했다.

'아까 원망해서 미안했어. 그냥 애들 생각하니까 너무 속상

해서 그랬어. 오빠 잘못도 아닌데… 미안해.'

둘째 아이는 멀쩡하다가 해가 지고 어두워지기 시작하면 눈물을 뚝뚝 흘리며 흐느꼈다. 남편이 떠나고 반년 정도 저녁만 되면 아빠 생각에 울었다.

"준이 왜?"
"아빠 생각이 나서. 아빠가 보고 싶어서."
"그치 보고 싶지. 아빠 생각나고 보고 싶은 건 당연한 거야. 울고 싶으면 이렇게 울어."

나도 처음 겪는 일이었기에, 한 번도 생각해 본 적 없는 일이었기 때문에 이럴 땐 아이에게 어떤 말을 해줘야 할지 혼란스러웠다. 눈물을 닦아주고 꼭 안아주는 것밖에 할 수 없는 날도 많았다.

어떤 날에는 금방 진정이 되어 눈물을 쓱 닦고 씩 웃어 줬다. 어떤 날에는 쉽게 진정이 안 되어 한참을 흐느끼고 울다 잠들었다. 아이도 나처럼, 변함없이 일상을 살아내다가 불현듯 현실을 실감하고 몰려오는 슬픔을 견뎌내는 듯했다. 아이가 슬퍼하는 모습을 보면 마음이 아팠다. 그러다가 화가 났다. 이렇게 어린 아이가 이만큼이나 깊은 슬픔을 느끼게 한 남편에게 화가 났다.

'도대체 왜 이렇게 갑자기 가서 애들 마음 아프게 하는 거야.'

토닥토닥, 아이를 토닥이며 날카롭게 성이 났던 내 마음도 토닥였다.

묵묵부답인 남편에게 화를 냈다가, 마음이 진정되면 화내서 미안했다고 사과하는 일이 반복되었다.

아픔의 파도가 몰려올 때

장례를 마치고 나서는 남편의 죽음을 현실로 실감할 일이 없었다. 더 정확히 표현하자면, 실감하는 것을 미루고 남편이 이 세상에 없다는 현실을 외면했다. 그러면 살 만했기 때문이다. 하지만 갑자기 몰려오는 슬픔, 외로움, 공허함, 분노 등의 감정에는 몰려오는 대로 슬퍼하고 아파하고 외로워하고 분노했다. 의지대로 되는 것이 아니었기 때문이다. 감당하지 못할 만큼 힘들어지기 전에 긍정의 힘을 방파제 삼아 버텼다. 감정들은 마치 파도 같았다.

잔잔했던 마음에, 저 멀리 수평선 근처 깊숙한 곳에서 파도가 일렁이더니 점차 몸집을 키워 가까이 다가왔다. 부정적인 감정의 파도가 마음 수면 위로 올라와 철썩철썩 내 마음을 때렸다. 때리는 대로 느낄 수밖에 없었다. 시간이 조금 지나면 잦아들었고 이내 흩어져 소멸했다. 파도가 육지에 도달하면 결국에는 에너지를 잃고 흩어져 버리는 것처럼 말이다. 외면하려 애써도, 내면에 남은 부정적인 감정들은 그렇게 수시로 마음에 바람을 일으켜 파도를 만들어냈다.

감정의 파도가 쓰나미처럼 거대한 몸집으로 내 마음을 뒤흔들어 놓지 않기를 바랐다. 감당할 수 있을 만큼, 딱 그만큼 크기의 파도가 간간히 쓰나미가 되어 나를 덮칠 때가 있었다. 사후처리를 할 때도 그랬다.

사후처리 과정은 외면하고 싶다고 외면할 수 있는 것이 아니었다. 귀찮고 짜증나도 해결하고 마무리 지어야만 하는 일이었다. 귀찮고 짜증나는 감정에, 아픔, 슬픔, 그리움이 더해지니 분노로 귀결되었다.

남편이 떠났다는 사실은 미뤄두고 생각하고 싶지 않았다. 그런데 현실이었다. 사후 처리할 것들이 많았다. 사망 후 3개월 이내에 사망신고를 해야 하는데, 미루고 미루다 기한이 다 되어서야 신고를 했다. 사망 신고하기 전, 우리 네 식구가 함께 나와 있는 가족관계증명서 한 통을 떼서 보관했다. 완전체였던 걸 공적인 서류로 기록해 놓고 싶은 마음에서였다. 사망신고 후 세금에서부터 금융, 각종 명의 변경 등 처리할 것들이 생각보다 많았다.

하루에도 수많은 사람이 죽음을 맞이하고 남겨진 가족은 유족이 된다는데, 흔하게 일어나는 일이 아닌 것처럼 느껴졌다. 사후처리 과정을 주변에 물어봐도 아는 사람이 거의 없었다. 나도 처음 하는 일이라 아는 것이 없어서 답답하고 당황스러울 때가 많았는데, 마땅히 조언을 구할 사람마저 없었다. 인터넷에 검색해서 알아보고, 담당자에게 전화로 확인까지 하고 갔는데 처리가 안 됐던 적도 몇 번이나 있었다. 다른 어떤 행정 업무보다 사후처리 업무가 제일 복잡하고 어렵게 느껴졌다. 실제로 그렇게까지 복잡하고 어려운 일은 아닐지도 모르지만, 그 업무를 보는 내 마음이 힘들어서 더 어렵고 괴로웠는지도 모르겠다.

업무 보러 가기 며칠 전부터 마음이 무거웠다. 애써 생각하지 않았던 남편의 죽음을 실감해야 하는 날이었기 때문이다. 당일이 되면 겨우 몸을 일으켜 일을 보러 나갔다. 가는 동안 혼자 운전할 때면, 감정의 파도가 출렁거렸다. 담당 기관에 도착해서는 쭈뼛거렸다. 기어들어가는 목소리로 해당 업무를 요청했다. 왜 쭈뼛거렸을까, 목소리는 왜 그렇게 작게 나와야만 했을까. 내가 잘못한 일도 아닌데 민망하고 창피한 감정이 들었다. 뭐가 창피했을까, 과부라는 나의 신세가 창피하고 부끄러웠던 걸까. 아직 젊은 남편의 죽음이 비정상적인 일이라는 생각에 민망했던 걸까. 괜한 감정이 드는 나 자신이 이해가 되지 않았다.

"이것 좀 처리해 주세요."

"이건 본인 아니면 안 되는 업무인데요."

"남편이 사망해서 그래요. 필요 서류 다 준비해 왔어요."

남편이 사망했다는 말에 내 요청을 받은 직원이 움찔 놀라는 게 보였다. 놀란 걸 티내지 않으려 했지만 티가 났다. 배려하는 마음에서 그랬다는 걸 잘 알지만 그 조차도 나는 서글프게 느껴졌다.

어떤 직원은 처리가 복잡하다 보니 불친절하게 틱틱 거리기도 했다. 서럽고 서글프다가 분노가 치밀었다. 꾸역꾸역 분노를 삼켰다. 분노는 불친절한 직원이 아닌 남편을 향한 것이었다. 업무를 보고 집에 돌아오는 길, 혼자 차 안에서 소리를 질렀다.

"이 나쁜 놈아! 내가 왜 안 겪어도 될 일을 겪게 만들어! 왜 내가 이런 일을 겪게 만드느냐고!"

부정적인 감정의 쓰나미에 휩쓸려, 그날만큼은 이 세상에서 내가 제일 슬프고 아픈 사람이 되었다. 한 차례 마음을 휘젓고 나서야 힘을 잃고 흩어져 내면 깊숙이 사라졌다.

누가 대신 해 줄 수 있다면 좋았겠지만, 이토록 괴롭고 힘든 사후처리 과정 또한 내가 겪어내야 할 과정이었다.

Part 3.

여전히 서툰 이별

나는 내가 아픈 게 싫다

나는 내가 아픈 게 싫다. 아픈 게 싫었다. 가뜩이나 마음이 연약한데, 아픔이 더해지면 견디기 어려웠다. 사별로 인한 깊은 슬픔, 견딜 수 없는 아픔이 휘몰아칠 때는 당해낼 방도가 없었다. 긍정의 힘에 기대는 건 한계가 있었다. 행복을 찾았다. 행복해야 했다. 당장 다른 방법은 생각나지 않았다.

어릴 때부터 그랬다. 나는 내가 아픈 게 싫었다. 어린 시절, 나에게 절대적인 존재였던 엄마가 아픈 게 싫었다. 엄마가 마음 아픈 게 싫어서 온 마음을 엄마에게 쏟았다. 시집살이 하는 엄마가 마음이 아파 울까 봐, 엄마를 살피며 엄마를 위로했다. 매일 저녁 설거지해주고, 온 힘을 다해 엄마 팔다리를 주물렀다. 엄마가 두통이나 몸살로 아픈 날이면 마음 졸이며 기도했다. 엄마가 아픈 게 싫어서라는 이유였지만, 엄마가 아프면 내 마음이 아프기 때문이었다. 내 마음 아픈 게 싫어서, 엄마가 아프지 않기를 바랐다. 엄마가 행복해 보이면 나도 행복했다. 그 시절 엄마의 행복이 나의 행복이었다.

10대, 20대 시절에 나는 아픈 게 싫어서 생각하지 않으려 애썼다. 걱정되거나 고민되는 일이 있으면, 생각을 미뤘다. 고민이 생겨 마음이 답답하고 아파올 때면, 그냥 자버렸다. 자고 일어나면, 그 생각이 나지 않았다. 연습된 망각이었다.

남자친구와의 이별로 인한 아픔이 싫어서, 이미 마음이 떠났는데도 그 마음을 인정하기를 미뤘다.

내가 원하는 길이 아니라는 걸 느끼고 괴로우면서도, 괴로움이 싫어서 더 고민하는 걸 멈추고 다른 선택하는 걸 미뤘다. 주어진 대로 수동적으로 살며 적극적으로 생각하지 않았다.

그 시절 나는 내가 아픈 게 싫어서 생각을 미루고, 무기력해지는 방법을 택했다. 그 시절 나는 행복이 무엇인지에 대해 고민하거나 행복을 찾는 것이 귀찮을 만큼 무기력했다.

30대에 나는 한동안 아플 일이 없었다. 결혼하고 두 아이를 낳고 키우며 더할 나위 없이 행복했다. 다정한 남편, 귀여운 두 아이 덕분이었다.

남편이 직장을 옮기고 힘들어하면서부터 마음 아플 일이 생기기 시작했다. 가족은 하나로 연결된 공동체이기 때문이었을까, 한 사람이 흔들리니 전체가 휘청거렸다. 남편이 중심을 잃고 아파하니 나도 아팠다. 거기에 아이를 키우며 걱정하고 고민해야 하는 것들, 커져버린 아이에 대한 욕심 때문에 아팠다. 무기력함을 넘어 우울함까지 느낄 정도로 말이다. 아픈 게 싫어 발버둥 쳤다.

아프지 않으려고 나를 생각했다. 가족이 아닌, 나 스스로 원하는 것이 무언지 고민하고 생각했다. 내가 원하는 것들을 찾아가며 나름의 행복을 찾았다. 아픔을 이겨내던 중 남편이 갑자기 세상을 떠났다.

갑자기 이 세상을 떠나 버린 남편 때문에 아팠다. 예상할 수 있었다면 조금은 덜 아팠을까. 극단적인 아픔 앞에서는 오히려 연약했던 마음에 강단이 생기는 것 같았다.

처음에는 당황스럽고 참담하고 슬픈 마음이 이성적인 판단은 못하도록 했다. 그저 우는 것만 허락했다. 울지 말아 달라는 아이 부탁에 마음이 움직여 애써 눈물샘을 닫았다.

아픔을 견디다 보니, 가족 몸에 난 작은 상처를 보는 것도 힘들어하던 나는 어느새 장례절차도 큰 탈 없이 버티는 강단이 생겼다. 평소처럼 그렇게 심약했더라면, 정신을 잃고 쓰러졌을 것이다.

남편과 이별 후 나는 덤덤하게 일상을 보냈다. 우울이나 슬픔에 빠져 지내지 않았다. 가족과 친구들은 그런 나를 보며 대단하다고 했다. 강하다 했다. 나는 강하거나 대단한 사람이 아닌데 이상했다. 나도 내가 어떻게 이렇게 잘 이겨내고 있는 건지 알 수가 없었다.

극심한 슬픔 앞에서 연약했던 내 마음에 이상이 생겨, 순간적으로 강한 에너지가 올라왔던 걸까.

괜찮은 것 같았다. 살 만한 것 같았다. 강단이 생긴 내 마음 덕분에 버틸 수 있는 것 같았다. 혼자 있을 때 불현듯 오는 슬픔, 그리움은 당연하게 생각되어 그 또한 덤덤하게 받아들이려 노력했다. 살면서 느끼는 일반적인 슬픔이나 그리움의 감정이 아니었지만, 사별 후 당연하게 감당해야 할 감정이라 생각했다. 그런 아픈 감정을 붙잡고 있지는 않았다. 바로바로 흘려보냈다. 흘러가고 나면 그만이라 생각했다. 그걸로 끝이라 생각했지만 그렇지 않았다.

종이에 연필로 글자를 꾹꾹 눌러 쓰고 나면, 아무리 지우개로 지워도 흔적이 남는 것처럼, 마음에 들어와 흘려보낸 깊은 슬픔, 그리움은 흘려보낸 후에도 흔적이 남아 있었다. 한 번으로 끝나는 것이 아니고 지속적으로 오는 감정의 흔적들이 그렇게 마음에 쌓이고 있었다.

그렇게 축적된 아픔이 인지된 어느 날, 아픔을 흘려보내는데 한계가 찾아왔다. 나름의 긍정의 힘에 기대어 잘 버티고 있었는데 버틸 수 없을 것 같았다.

나는 내가 아픈 게 싫었다. 방법을 찾아야 했다. 행복을 찾으면 될 것 같았다. 적극적으로 행복을 찾았다. 다행스럽게도 찾고자 마음먹으니 내 곁에 있는 행복이 보였다. 무관심하게 지나치던 모든 것들이 관심 갖고 마음에 담으면 행복이 되었다.

아픔이 몰려오면 몰려오는 대로 마주하기도, 흘려보내기도 하면서 지냈다. 그런 와중에 나는 행복 최면에 걸린 것처럼 행복했다. 아프기 싫어서 행복했다.

당신이 있는 집으로 돌아가고 싶어질 때

그 길을 지난 건 오랜만이었다. 예전에 우리 네 식구가 행복했던 시절, 우리가 살던 집이 보이는 길 말이다. 일부러 찾아갔던 건 아니고, 볼일 보러 갔다가 우연히 지나게 되었다.

두 아이가 어릴 적, 남편이 직장을 옮기기 전 행복하게 살았던 집이 그 길 끝에 있었다. 눈 감고도 갈 만큼 익숙했던 곳인데, 낯설게 느껴졌다.

'제일 왼쪽 입구 3층이었나, 아닌데 가운데 입구였나.'

세월이 지나 자연스레 기억이 흐려진 건지, 남편과 이별한 후 억지로 그에 대한 기억을 외면하다 보니 지워진 건지는 알 수 없었다. 남편이 떠나고 얼마나 지났다고, 어느새 나는 남편 없이 사는 삶에 익숙해진 것 같았다. 남편과 함께 행복하게 일상을 보내던 곳이 낯설게 느껴질 만큼이나 말이다.

첫 만남부터 남편은 겸손하고 따뜻했다. 결혼 후에도 변함이 없었다. 가진 것이 많았지만 티 내지 않았다. 자신을 낮추고 상대를 높여주는 존경스러운 사람이었다. 자상하게 가족들을 배려했고 따뜻한 버팀목이 되어줬다. 불안했던 마음에 안정감을 주는 사람이었다.

바쁜 와중에도 여유가 있었다. 서두르거나 재촉하는 법이 없었다. 내가 하는 일은 대부분 응원해 줬다.

세심하게 기념일을 챙겼다. 바빠진 다음에는 꽃다발이라도 사갖고 올 만큼 자상하고 세심했다. 사소한 유머 코드가 통할 정도로 대화가 잘 통했다. TV 프로그램이나 영화 취향도 잘 맞았다. 주중에는 독박 육아를 했지만, 주말에는 함께 시간을 보냈다. 주말에 함께 육아하며 말하지 않아도 척척 분담이 될 만큼 호흡이 잘 맞았다. 행복했다. 말이 잘 통하고 마음이 잘 맞는 남편과의 일상은 행복했다.

오랜만에 지난 길 끝자락의 그 집에서 나는 남편과 함께여서 행복했다. 행복했던 그 때의 그 집으로, 그가 있는 집에 들어가고 싶었다.

그랬다. 남편 덕분에 나는 행복했다. 잊고 있었다. 잊고 싶었다. 남편의 존재를.

이미 가루가 되어 사라진 남편의 존재를 잊고 싶었다. 너무 아파서, 많이 보고 싶어서 잊고 싶었다. 그래서 자꾸만 생각나는 남편을 외면했다. 그래서였을까, 한동안 남편은 꿈에 나와 슬픈 얼굴을 했다.

집에 들어가면 곧 남편이 들어올 것 같았다. 늦은 밤, 카페에 들러 내가 좋아하는 캐러멜 마키아토를 사 들고 돌아올 것 같았다.

"수정아, 나 왔어."

다정하고 따뜻한 목소리로 나를 부를 것 같았다. 본인이 더 수고했으면서 오늘 하루도 두 아이와 수고했다고 어깨를 주물러 줄 것 같았다.

언제부터인가 늦은 밤 고단한 몸을 끌고 집에 오는 남편을 기다려주지 못하고 잠들어 버렸다. 나 역시 두 아들 독박육아에 몸과 마음이 고단했다는 핑계로 잠을 이기지 못했다.

나를 생각해 피곤한 와중에도 카페에 들러 커피를 사 왔을 텐데, 기다리지 못하고 잠들어 다음 날 식어버린 커피를 마셨다.

괴로울 만큼 힘들었을 하루를 보내고 집에 들어오면 따뜻하고 편안하게 해줬어야 하는데, 두 아이와 지지고 볶느라 신경 써주지 못했다. 정신없는 와중에 결혼기념일이라고 꽃다발에 케이크를 사서 들어왔는데 마음만큼 기뻐해 주지 못했다. 배려받았으면서 그만큼 배려해 주지 못했다.

고단하고 지쳤어도 먼저 잠들지 말고 기다려 줄걸. 기다렸다가 도란도란 이야기 나누며 고생했다고 어깨라도 주물러 줄걸, 다정하게 미소 지으며 손이라도 잡아줄걸. 어쩌다 일찍 집에 오면, 만사 제쳐 두고 남편에게 집중해 줄걸. 정신없이 바쁘고 힘든 와중에 나를 위해 꽃다발과 케이크를 준비해줘서 고맙고 행복했다고 말해줄걸. 배려받고 있다고 느낄 만큼 배려해 줄걸. 후회되는 일만 생각났다. 남편과의 추억에 젖어 있다가 자책에 빠졌다.

남편과 행복했던 추억이 그리움으로 이어졌고 결국에는 자책에 다다랐다. 이별 후의 아픔, 슬픔, 그리움에 자책이 더해지는 날이었다. 그리워하다 보면 자책으로 이어져 괴로웠다. 그래서 보고 싶지만, 보고 싶지 않았다. 남편이 있는 집으로 돌아가고 싶었지만 돌아갈 수 없었다.

해가 지고 있었다. 빨리 집으로 돌아가 저녁 준비를 해야 했다. 이제는 남편이 없는 집으로 돌아가야 했다. 아픔도 그리움도 후회도 미뤄두고 집으로 향했다.

특별한 날은
잔인한 날

더위는 지나고 아직 추위는 오지 않아 적당히 시원한 날씨에 알록달록 색깔 옷 입은 나무가 예뻐 가만히 있어도 괜히 기분이 좋은 늦가을 11월, 남편이 떠났다. 내 곁에 있던 나의 남편이 세상을 떠나갔다.

남편이 가고 시간이 얼마나 지났을까, 입김이 나고 오들오들 몸이 떨릴 만큼 날이 추워졌다. 시간이 어떻게 지나는지도 모를 정도로 빠르게 흘러 계절이 바뀌고 있었다. 가을이 가고 겨울이 왔다는 걸 생각할 겨를이 없이 그냥 날이 추워져 두꺼운 외투를 꺼내 입었다. 몸이 둔해질 만큼 두꺼운 외투를 걸쳐 입고 차에 타 어딘가로 가고 있었다.

"All I want for christmas is you"

크리스마스 시즌만 되면 매년 일부러 찾아 듣지 않아도 들리는 노래가 라디오에서 나왔다. 크리스마스가 며칠 앞으로 다가왔다. 11월 그 날에 남편의 시간이, 나의 시간이 멈췄기 때문에 12월을 훌쩍 넘기고 2019년이 며칠 안 남았다는 걸 그제야 깨달았다.

크리스마스, 습관처럼 마음이 두근거리고 설렜다. 설렘이 얼마 가지 않아 실감이 났다. 그의 죽음이, 나의 현실이. 그저 설레는 마음으로만 이 노래를 듣던 시절에는 내가 마흔도 되지 않아 과부가 될 거라고는 상상도 못했는데……. 불과 1년 전 크리스마스에도 상상하지 못했는데…….

'맞아. 나는 과부였지. 마흔도 안 된 내가 남편 없는 과부가 되었지.'

지난 크리스마스가 생각났다. 바쁘게 일상을 살다가도 크리스마스에는 시간을 내 특별하게 보냈던 우리 가족이었다. 남편이 떠난 후 처음으로 맞이하는 크리스마스에 남편은 없지만, 두 아이와 외식도 하고 영화도 보고 케이크의 촛불을 밝히고 '하나' '둘' '셋' 입을 맞춰 불기도 했다. 두 아이와 난 굳이 남편이야기를 꺼내지 않았다. 아무 일 없었다는 듯 즐겁게 크리스마스를 보내려 했다. 허전함이 컸을 텐데, 굳이 말하지 않고 즐겁게 시간을 보내 준 두 아이에게 고마웠다.

해를 넘기고 설을 맞이했다. 아침부터 일어나 준비하고 시댁으로 갔다. 매년 가족이 함께 모여 떡국을 먹는 그 날, 당연히 내 옆에 앉았던 남편은 없었다. 시부모님, 아이들 앞이라 꾹 참고 괜찮은척 했지만 괜찮지 않았다.

마음에 빗장을 걸고 충분히 참아낼 수 있다고 자기 암시를 했다. 그렇게 슬픔을 꾹꾹 눌러 버티니 참을만 했다. '최소한 슬프지는 않다'라는 자기 암시로 짧은 순간 나를 기만할 정도의 참을성은 유지했다.

태연한 척 떡국을 먹었다. 남편 이야기를 하며 슬퍼하는 어머님을 위로했다. 나는 괜찮은 사람이니까. 이젠 그래야 하니까.

시간은 빠르게도 지나 3월이 되었다. 길을 걷다 보면 편의점이나 빵집에 진열된 사탕, 초콜릿이 눈에 들어왔다. 연인에게 사탕을 선물하는 날이 또 가까워지고 있었다. '화이트데이'이자 남편 생일이 가까워지고 있었다. 연애 때부터 왠지 내가 손해 보는 것 같은 날이었다. 화이트데이보다 남편의 생일이 크게 다가오는 날이었기 때문이다. 남편 생일 며칠 전부터 가슴이 먹먹했다.

지난 그의 생일이 생각났다. 낡은 구두가 신경 쓰여 명품 구두를 선물했더니 함빡 웃으며 좋아하던 그가 떠올랐다. 그게 벌써 일 년 전이었다. 일 년 새에 우리는 영영 만날 수 없는 사이가 되었다. 그에게 줄 수 있는 마지막 선물인 줄 알았다면 더 좋은 선물을 할 걸 그랬다. 어떤 선물을 했더라도 마음에 들어 했을 남편이지만 말이다.

하늘나라에 있는 남편의 생일을 챙겨주러 오랜만에 추모공원으로 향했다. 남편이 이 세상 사람이 아닌 것이 실감 나기 때문에 자주 찾지 못하는 곳이었다. 생일 선물이라고 꽃다발밖에 준비를 못해갔다. 좀 미안한 생각이 들었다가 이내 웃음이 났다. 어떤 선물을 건네든 마음에 들어 하며 미소 짓던 남편이 생각나서였다.

'이 꽃다발도 마음에 든다고 웃고 있겠지.'

생일날 선물을 건네면 마음에 든다며 웃어 주던 남편은 지루하고 고단한 나의 일상을 특별한 순간으로 만들어 줬다. 그 미소가 자꾸만 떠올랐다. 특별한 순간이 생각나 슬펐다.

평소에는 아무 일 없던 것처럼 살아졌다. 가끔 아픈 감정의 파도가 몰려올 때 말고는 그저 이전과 다를 바 없이 살았다. 남편 없이 셋이 된 우리 가족이 익숙해진 것 같았는데, 특별한 날이 되면 넷이 아닌 우리가 어색하게 느껴졌다. 대체로 무덤덤하게 살다가, 실감이 나고 빈자리에 허전함이 퍼져 슬퍼지는 날이었다.

특별한 날은 더 이상 들뜨고 신나는 날이 될 수 없었다. 함께였던 특별한 순간을 기억하게 만드는 괴로운 날이 되었다.

보통의 존재,
존재의 부재

나는 두 아이의 엄마다. 그리고 엄마 이전에 한 남자의 아내다. 한 남자의 아내라는 건 나에게 남편이 있다는 말이고, 아내에게 남편이 있다는 건 지극히 일반적이고 평범한, 보통의 사실이다. 그 보통의 사실이 나에게는 이제 사실이 아니게 되었다.

여전히 나는 두 아이의 엄마이며 한 남자의 아내이다. 여전히 남편의 아내이다. 하지만 남편은 없다. 엄마이고 아내이면 있어야 할 보통의 존재, 당연한 존재가 없다. 아내인데 남편은 없는 아이러니한 삶을 살고 있다.

세상을 떠나던 주말에도 직장에 있었을 만큼 남편은 바빴다. 남편이 바쁜 탓에 나는 줄곧 독박육아를 해왔다. 두 아이가 어릴 때부터 계속된 독박육아였다. 셋이 된 우리가 일상에 큰 타격 없이 지낼 수 있었던 것도 셋이 보내는 일상에 익숙했기 때문이다. 생전에 남편이 바빠 가족과 함께 보낼 시간이 많지 않았던 게 다행이라는 생각도 해봤다. 셋이 아닌 넷이 함께한 일상이 익숙했더라면, 남겨진 우리에게 남편의 빈자리가 훨씬 더 크게 느껴졌을 테니 말이다.

셋이 보내는 일상에 익숙했던 나는 남편이 떠난 후에도 꿋꿋이 잘 지냈다. 하지만 내가 아무리 노력하고 발버둥 쳐도 남편이 부재한 현실에서 벗어날 수 없었다. 남편이 우리 곁으로 돌아오지 않는 한 빈자리는 채워질 수 없는 것이었다. 존재의 부재로 인한 결핍이 내 삶에 함께 하고 있었다. 결핍은 일상생활을 하는데 불편을 끼치지는 않았지만 마음에는 존재했다.

보통의 존재, 당연한 존재의 부재는 어쩔 수 없는 결핍을 마음에 낳고 있었다. 내면을 애써 들여다보고 관찰하지 않는 한 알 수 없을 만큼 티 나지 않게 결핍이 쌓여갔다. 시간이 꽤 흐른 뒤에야 그것이 결핍으로 인한 감정이었다는 걸 알았다.

결핍이 만든 열등감이나 피해의식, 자격지심이 생길까 봐 신경 쓰고 노력했다. 내 마음을 단련시켰다. 나만의 위로법을 찾아 마음을 다스렸다. 몸을 단련시키면 체력이 좋아지는 것처럼 마음도 단련시킬수록 강해지는 것 같았다. 열심히 단련시키고 위로하다 보니 마음이 이전보다 너그러워졌다. 여유까지 생겼다. 우려했던 열등감이나 자격지심은 생기지 않았다.

다만, 위축될 때가 있었다. 두 아이의 엄마로서 당당했지만 아빠 없이 혼자인 엄마로서 위축되곤 했다. 위축되어 수치심이 느껴지는 순간들이 분명 있었다. 크지 않고 미묘한 감정이었기에, 짧은 순간 마음에 스쳤지만 모르는 체 할 수 있었다. 좋지 않은 감정이었기 때문에 남몰래 느끼고 바로바로 기억에서 지웠다. 곱씹어봐도 언제 그런 감정을 느꼈는지 정확히 생각나지 않는 건 바로 기억에서 삭제해서인 것 같다.

아무것도 하지 않고 가만히 있을 때나, 혼자 있을 때 왠지 모를 쓸쓸함이 어렴풋이 느껴졌다. 굳이 꺼내 인식하려 하지 않았지만 여자로서의 외로움도 있었다. 다른 사람을 만나 결핍이 생긴 자리를 메우면 되지 않을까 하는 생각도 잠시 해봤지만 나는 그만큼 남녀 간의 사랑에 열정이 있는 사람은 아닌 것 같다는 결론을 내렸다.

당연한 존재의 부재가 생겼지만 나는 여전히 아침에 일어나 두 아이를 챙긴다. 밥을 차리고 등교 준비를 재촉한다. 아이들이 학교 간 동안 나만의 시간을 보낸다. 아이들이 하교하면 간식을 챙겨주고 학교에 간 동안 밀렸던 수다를 떤다. 청소를 하고 저녁 준비를 한다. 바빴던 하루를 마무리하고 두 아이가 잠들면, 나도 눈을 감고 잠에 든다. 내 일상에는 변함이 없다. 달라진 것이 없다. 하지만 변화가 생겼다. 내가 노력한다고 채워지는 것이 아닌 어쩔 수 없는 결핍이 생긴 변화 말이다.

지금은 변화를 맞이한 지 얼마 되지 않아 익숙하지 않다. 세월이 더 흐르면, 넷이었던 때가 잘 기억나지 않을 만큼 셋인 삶에 적응하게 될 것이다. 환경에 맞게 적응하여 진화해 온 것이 인간의 본성이니 적응 못할 리 없다.

훗날에는 두 아이의 엄마이자 남편이 없는 아내인 내가 미묘한 수치심이나 어렴풋한 외로움을 느끼지 않고 살게 될지도 모르겠다. 결핍을 채우지 않은 채로 적응해서, 마치 원래부터 내 삶에 함께였던 것처럼 당연하게 여기며 살 수 있지 않을까 하는 생각을 했다.

변하지 않는 것은 없으니까

나는 매일 산에 간다. 매일 같은 길로, 더 가지도 덜 가지도 않고 딱 어제 간 만큼 간다. 오늘 본 풍경을 기억하면, 내내 같은 모습일 것 같다. 눈으로 찰칵 찍어 기억 속에 저장한 사진처럼 말이다. 어느 날 저녁 찾은 산에서, 초입부터 개구리 울음소리가 귀에 들어왔다. 작은 개울에서 바쁘게 헤엄치던 올챙이들이 관심 갖지 않은 며칠 새 부화했던 모양이다. 개울에 갈 때마다 볼 수 있을 줄 알았던 올챙이들은 얼마 전 내가 봤던 그 곳에, 그 시간에 멈춰있지 않고 열심히 성장해 개구리가 되었다.

하늘 위 구름은 눈에 들어온 순간의 형태 그대로인 줄 알았다. 잠시 후에 다시 그 구름을 보고, 위치도 모양도 변했다는 걸 발견하게 되었다. 꾹꾹 눌러 참다가 어렵게 터뜨린 울음도, 터져버리고 만 후에는 그치지 않을 것 같지만, 아무리 오래 간다 해도 하루를 넘기기 어려웠다. 결국에는 그치고 말았다.

언젠가 느꼈던 즐거움이나 행복이 영원하다면 얼마나 좋았을까? 영원했던 적은 없었다. 불행이라 여겨지는 고난 또한 마찬가지였다. 상황이 변하거나 마음가짐이 달라져 행복이 더 이상 행복이 아니게 된 적도 있고, 고난도 다를 바 없었다.

그 순간에는 영원할 것 같은데, 지나고 보면 영원한 건 없었다. 이 세상에 변하지 않는 건 없었다.

변하지 않는 건 없다. 나 또한 마찬가지다. 눈에 보이는 모습뿐 아니라 겉으로 드러나지 않는 사고방식이나 감정도 변한다. 나의 생(生)도 영원하지 않다는 건 자명한 사실이다. 언젠가 살아있음이 죽음으로 변하리라는 건 고민해 보지 않아도 알 수 있는, 일어날 수밖에 없는 일이다.

결국 모든 것은 변한다. 언제 어떻게 변할지 예측하기 힘들 뿐이다.

그 날, 그 시간에 남편의 생이 사로 바뀐 건 예상할 수 없었을 뿐이지, 결국 언젠가는 일어날 변화였던 것이다.

그러면 왜 변화가 하필 그 날이었을까 곰곰이 생각해 봤다. 그날 그렇게 갑자기 떠나 나를 남겨진 사람으로 변하게 한 이유가 무엇인지 고민해 봤다. 수시로 생각했다. 문득 남편 생각이 날 때마다 생각했다. 한참이나 고민한 끝에 답을 찾았다. 그 날 그의 생이 사로 변한 건 운명이었다. 그의 운명이었다는 결론을 내리니, 더 이상 고민할 필요가 없어졌다.

아이들에게 아빠의 죽음이 운명이었다는 어려운 설명은 하지 못했다. 설명하지 못했어도 아이들은 이미 알고 있는 것 같았다.

"아빠가 예상치 못하게 일찍 가셨지만, 천국 가서 편하게 쉬고 있을 거니까 슬퍼하지 말자."

"응, 알아. 사람은 누구나 다 죽어. 아빠는 조금 일찍 돌아가신 거야."

"어떻게 그런 생각을 했어?"

"당연한 거잖아."

나보다 한참 어린 두 아이는 아빠의 죽음을 이미 인정하고 받아들였다. 나는 운명이었다는 결론을 내리고서야 그의 죽음을 인정하게 되었는데 말이다.

남편의 죽음을 인정하지 못하고 외면하는 것밖에 하지 못했던 내가 변해 그의 죽음을 인정했다. 바삐 일상을 보내다가 아픈 감정이 오면 그대로 받아들여 아파하던 내 마음이 변하는 중이었다. 나를 아프게 하는 부정적인 감정의 파도가 몰려오면 그대로 휩쓸려 저 스스로 힘을 잃고 흩어질 때까지 기다릴 수밖에 없었다. 하지만 이제는 변할 수 있을 것 같았다. 변하지 않는 건 없다는 걸 알았기 때문이다.

아프기 싫어 최면에 걸린 듯 찾은 행복 말고, 제대로 된 행복을 찾을 수 있을 것 같았다.

진정한 행복을 찾기 전에, 남편과의 이별이라는 엄청난 변화로 다친 내 마음을 달래는 것이 우선이었다. 나만의 자기 위로법을 찾아 상처 입은 마음을 보듬기 시작했다. 진정한 행복을 위한 연습이 시작되었다.

Part 4.

2+1=! 행복할 수 있는 연습

최후의 방어기제, 합리화

어느 날 여우 한 마리가 길을 가다가 높은 가지에 매달린 포도를 보고 먹고 싶은 마음에 펄쩍 뛰었다. 포도가 너무 높이 달려 있어 여우가 아무리 애를 써도 포도에 닿을 수가 없었다. 결국 여우는 포도를 포기하고 돌아서며 말했다.

"저 포도는 덜 익어서 시고 맛 없을 거야."

누구나 한 번쯤은 들어봤을 이 이야기 속 여우는 처음에는 포도가 맛있을 거라 생각했지만, 포도를 먹을 수 없게 되자 신 포도일 것이라고 생각을 바꿨다. 포도가 맛이 없으니 먹을 필요가 없다고 핑계를 만든 것이다. 이런 핑계를 합리화라고 한다. 어떤 일을 한 뒤에, 자책감이나 죄책감에서 벗어나기 위하여 그것을 정당화하는 것이다. 얼마 전까지 나는 합리화가 나쁜 것이라 생각했다. 자신의 잘못이나 부족함을 인정하지 않고 본인 마음 편하자고 대는 비겁한 핑계라고 생각했기 때문이다.

남편이 세상을 떠난 후, 이따금 찾아오는 그리움 때문에 아팠다. 남편이 그리워서 슬펐다. 사랑하는 사람을 보고 싶은데 볼 수가 없다는 건 이 세상에서 가장 슬픈 일이 아닐까 생각했다. 그리움으로 시작한 감정이 결국에는 후회와 자책까지 닿아 괴로웠다. 내가 잘해주지 못해 일찍 떠난 것 같았다. 가장 가까운 사람이었던 내가 더 많이 신경 쓰고 더 배려해 주고 보살펴 줄걸. 더 잘해 줄걸 더 많이 사랑해줄걸.

웃음이 터져 깔깔 소리 내어 웃다가도, 남편을 먼저 보낸 내가 이렇게 즐거운 감정을 느끼고 웃어도 되는 걸까 하는 생각이 들어 웃음을 거뒀던 적이 여러 번이었다. 그리움, 슬픔과 아픔의 감정만으로도 힘든데 자책까지 더해지니 견디기 힘들었다. 견디기 힘들었지만 남편을 먼저 보낸 내가 마땅히 감당해야할 나의 몫이라 생각했다.

어느 날에 나는 합리화를 해버렸다. 나는 내가 할 수 있는 최선을 다해 잘해줬고 사랑해줬다고, 내가 더 노력했다고 하더라도 그의 운명을 바꿀 수는 없었을 거라고 말이다. 괴로움이 한계에 다다라 마음이 방어기제를 사용했던 모양이다.

"나 자꾸 죄책감이 들어서 괴로웠어. 내가 더 신경 쓰고 더 잘했으면 덜 아팠을 텐데. 아프지 않았을 수도 있는데 하면서. 그런데 합리화했어. 내 잘못이 아니었다고, 어쩔 수 없는 운명이었다고."

"잘했어. 그리고 그건 합리화도 아니고 사실이야. 네 잘못이 아닌 걸. 오빠를 아는 모든 사람이 다 자책하고 후회하는 순간이 있을 거야. 더 잘해 줄걸 하면서. 나도 그랬거든. 너만 그런 게 아니고 모두가 그럴 거야. 그러니까 더 이상 자책하지 마."

그리움이 크면 만나러 가면 되는데, 어디로 가야 만날 수 있는지 알 수 없었다. 아니 만날 수 없다는 걸 아는데도 자꾸만 그리워서 어찌할 줄 모르고 있었다. 어찌할 줄 모르겠는 마음 에너지를 나를 탓하는 것에 쏟았다. 그리운 마음에 더해 스스로 책망하는 것이 괴로워 나는 최후의 방어기제로 합리화를 했다.

남편이 그리운 만큼 나 자신을 탓했다. 내 그리움이 해소되면 나를 탓할 일이 더 이상은 없었을 것이다. 보고 싶은 사람을 만나면 그리움이 해결되었을 것이다. 하지만 죽은 사람을 살릴 수 있는 능력은 나에게 없었다. 이렇게 일찍 세상을 떠나야만 했던 그의 운명을 막을 능력 또한 나에게 없었다. 내 능력 밖의 일이니, 나는 아무 잘못 없다고 합리화했다. 남겨진 나는 가여운 사람이지, 자책해야 할 사람이 아니라는 걸 깨달았다.

내 잘못이 크다는 생각이 있었지만, 내 잘못이 아니라고 합리화를 해 버린 순간 괴로움이 줄었다. 자책과 후회의 감옥에 갇혀 스스로 더 괴롭히고 있던 나를 해방시켜 줬다.

합리화는 비겁한 변명이 아닌, 합리적인 자기방어 내지 위로 방법이라고 생각하게 되었다. 합리화를 나만의 위로법으로 터득했고 긍정의 합리화라 이름 붙였다. 내가 아무리 애써도 안 되는 일 때문에 괴로운 순간마다 긍정의 합리화를 했다. 부정적인 생각의 소용돌이 속에서 아무것도 할 수 없을 때, 합리화해버리고 나면 부정적인 생각이 멈췄다. 그리고 긍정적인 생각을 만들어 내기도 했다. 신기한 긍정의 합리화 효과였다.

다른 사람이 나의 긍정 합리화를 핑계라도 생각해도 상관없다. 모든 일은 내가 생각하기 나름이다. 내가 나만의 위로법이라고 생각해 내 마음이 편하면 그만이다. 욕심나고 간절해 최선을 다해도 마음처럼 되지 않는 일이 더 많은 것이 인생이다. 그럴 때마다 자책하고 속상해하면 아무리 강한 마음, 건강한 정신을 가진 사람이라도 버텨내기 힘들 것이다.

나는 긍정의 합리화로 사별 후의 괴로움을 달랬다. 그리워하고 미안해하다가 합리화하고 부정적인 생각을 멈추는 과정을 여러 번 반복하다 보니, 어느 날부터는 자책하는 일이 없어졌다.

행복의 씨앗,
희망

사람은 누구나 성장하고 발전하려는 상승욕구를 갖고 있다. 니체는 이를 향상하고 싶은 마음, 향상심(向上心)이라고 했다. 향상심이 없는 사람은 죽은 것이나 다름없다고 했다. 어렵고 거창한 표현이라 바로 와 닿지 않을 수도 있다. 극단적이라 거부감이 들기도 한다. 천천히 곱씹어 생각해 보면 맞는 말이다.

새해가 되면 대부분의 사람이 두 가지는 꼭 한다. 첫째, 주변 사람들과 서로 새해 복 많이 받으라는 말을 주고받는다. 새해 복 많이 받으라는 말은 지난해보다는 성장하거나 발전하기를 기대하는 마음에서 나온 것이라 생각한다. 둘째, 새해 목표를 세운다. 구체적인 리스트를 작성하고 당장 행동에 옮기는 사람이 있는가 하면, 마음속으로 새해에는 어떤 일을 해야겠다고 막연하게 생각하는 사람도 있다. 새해에는 작년보다 더 발전하고자 하는 마음에서 나오는 행동이다. 이것만 봐도 사람은 니체가 말한 '향상심'을 갖고 있다.

이전보다 더 나아지고 싶은 마음에서 비롯된 목표, 나는 이것이 희망이라고 생각한다. 희망이란 '어떤 일을 이루기를 바람' 또는 '앞으로 잘 될 수 있는 가능성'을 뜻한다. 고된 시련 속에서 희망이 있다면 삶을 포기하지 않을 수 있다 생각한다. 작은 희망의 불씨라도 상관없다.

40년이 조금 넘은 인생을 살면서 여러 차례 어려움을 겪었다. 어려움이 닥칠 때마다 불행하다고 생각했다면 절망하기만 했을 것이다. 제대로 살기를 포기했을지도 모르겠다. 지금껏 이겨내고 잘 살아온 걸 보면, 힘들다 괴롭다 하면서도 나름 극복할 수 있었던 무언가 있었을 것이다. 곰곰이 생각해 보니 그건 희망이었다. 인식하지 못했을 뿐, 어려움의 시기마다 더 나아질 거라는 희망을 품고 있었다. 막연하게 오늘보다는 내일이 더 나을 것이라는 기대가 있었다. 어쩌면 지금보다는 더 나아져야 한다는 간절한 바람이었을지도 모르겠다.

목표와 희망은 굳이 드러내지 않고 속으로만 품고 있을 수 있기에 부담이 없었다. 살며시 마음 한편에 세운 희망에 기대어 힘을 얻었다. 희망을 갖는 것만으로 설레고 흥분되었다. 전에 없던 에너지가 채워지는 기분이 들었다.

가능성 있어 보이던 희망이 이뤄지지 않은 적도 있다. 반대로 기대하지 않았던 희망이 이뤄졌던 적도 있다. 마음에 품었던 희망을 현실화시키느냐의 여부는 어느 순간부터는 상관없었다. 예상치 못한 시련 때문에 절망했을 때도 새로운 희망을 품는 순간 내가 행복한 사람이라 느껴질 정도였다. 희망은 내 미래의 목표, 꿈 그리고 행복의 씨앗이었다.

내가 불행하다 생각했던 적이 있다. 가장 큰 원인은 불안이었다. 매사에 불안해하고 걱정하느라 힘들었다. 불행했다. 불안을 떨쳐버리려고 노력했다. 기도하고 성경을 읽었다. 심리 상담을 받고 직접 심리 공부를 했다. 운동을 하고 자격증 공부를 하고 시도 썼다. 불행하기 싫어서 몸부림쳤다. 어느 정도까지는 불안을 떨쳐낼 수 있었다. 불행하지 않았다. 하지만 행복하지는 않았다. 불행하지 않은데 행복하지 않았던 건 희망이 없었기 때문이다.

그렇게 살던 어느 날, 남편과 사별했다. 갑작스러운 일이었다. 예상치 못한 일이었다. 현실감 없는 일이지만 현실이었다. 몇 년간 발버둥 쳐 덜어낸 불안이 다시 나를 감쌌다. 아이와 한 번이라도 통화가 되지 않으면 심장이 쿵쾅대고 숨 쉬는 것이 불편했다. 일어나지 않은 일을 상상하고 걱정했다.

아무 일 없다는 듯 일상을 살았지만, 불현듯 나를 덮는 불안, 슬픔, 그리움이 나를 옥죄는 느낌이었다. 멀쩡하다가도 가슴이 아픈데, 마땅히 통증을 줄여줄 약도 없었다.

'앞으로 나는 제대로 행복할 수 없는 걸까?'

어느 날, 취미로만 쓰던 글을 제대로 써야겠다고 생각했다. 책을 내겠다는 목표, 희망이 생겼다. 당시만 해도 나에게는 막연한 희망이었다. 그럼에도 불구하고 나의 미래가 기대되기 시작했다. 두려움과 불안함으로 힘을 잃었던 마음이 희망을 품자 힘을 내기 시작했다. 아픔으로 멈춰버린 것 같았던 나의 시간이 다시 움직이기 시작했다. 억지로 만든 것이 아닌 진정한 행복이 어렴풋이 느껴졌다. 그 크기가 크지 않았지만, 확실히 행복이었다.

'사별한 내가 행복해도 되는 걸까.'

잠시 주춤했지만 이미 마음에 싹 튼 희망이 행복을 꽃피우기 시작했다. 행복한 마음으로 매일 글을 썼다. 글 쓰는 것이 행복했다. 작은 희망의 씨앗이 숨어 버렸던 내 안의 행복을 찾아 주었다.

사별 후, 어느 날 마음에 희망이 생겼다. 실현 가능성이 없어 보였지만 버리지 않고 그대로 품었다. 희망으로 글을 써 사별한 지 1년 만에 책 두 권을 출간했다. 희망 덕분에 불안함을 잊고 나아가 행복까지 느낄 수 있었다.

"비비디바비디부(Bibbidi Bobbidi Boo)!"

오늘도 난 생각과 소망이 실현되는 희망의 주문을 걸어본다.

일상 속 보물찾기

많은 사람이 매사에 시작은 의욕적이지만 적응한 후에는 초심을 잃고 만다. 지루한 일상이 아닌 특별한 설렘을 원하며 불평한다. 매너리즘(항상 틀에 박힌 일정한 방식이나 태도를 취함으로써 신선미와 독창성을 잃는 일)에 빠져버린다. 이쯤 되니 매너리즘은 어쩔 수 없는 인간의 본성이라는 생각이 든다. 살다 보면 큰 사건이나 사고 없는 평범한 일상이 감사한 행복이라는 것을 잊는다. 고난이 닥쳤을 때야 비로소 소소한 일상이 행복이었음을 깨닫는다. 깨닫고도 다시 깜박하고 투덜대다가 다시 깨닫는 과정을 반복하며 사는 것 같다.

출산 후 은행에 복직해서 다닐 때는 전업주부가 되기를 간절히 원했다. 육아에 전념하고 싶다는 이유 때문이었다. 퇴직을 결정하고 얼마나 기뻐했던가. 기쁜 마음을 가득 안고 몇 년간 행복하게 육아했다. 의욕과 사랑이 넘쳤다. 정말 매너리즘이 인간의 본성인 것일까, 어느 순간 나도 매너리즘에 빠졌다. 육아에 대한 초심을 잃었다. 육아가 세상 즐거운 일이었는데, 버거운 짐으로 느껴졌다. 사랑에 욕심, 부담, 불안이 추가되어 애증으로 변했다. 세상에서 가장 사랑하는 존재인 두 아이 때문에 힘들고 우울했다.

두 아이에 대한 초심을 찾으려 노력하던 중 남편과 사별했다. 몇 년간 내가 힘들다 여겼던 불안, 실망 등의 어려움은 아무것도 아니었다. 사별이라는 사건은 엄청난 고통을 줬지만, 가족과의 평범한 일상이 행복이었음을 다시 깨닫게 해주었다. 행복은 내 곁에 있었다고 외치며 특별한 일 없는 매일을 열심히 살았다.

남편이 떠나고 얼마 지나지 않아 코로나 사태가 시작되었다. 방학 동안 여유로운 일상에 적응했던 두 아이가 코로나로 인한 개학 연기 소식에 환호성을 질렀다. 나도 두 아이와 붙어 지낼 생각에 안심되고 좋았다. 길어봤자 한 달이면 등교 재개가 될 줄 알았지만 아니었다. 확진자는 늘어만 갔다. 상황이 나빠져 외출마저도 쉽지 않았다. 집에서 보내는 시간이 많으니 다양한 TV 시리즈, 영화 시리즈를 섭렵하며 신났던 아이들이 지겨워하기 시작했다. 별것도 아닌 일에 짜증을 냈다. 밝았던 두 아이가 우울해 보이기까지 했다. 나도 마찬가지였다. 집콕 생활이 예상보다 길어지니 답답했다. 원래의 일상으로 돌아갈 수 없을까 봐 불안했다.

3월의 어느 날, 갑자기 따뜻해진 날씨에 도저히 참을 수가 없어 당장 집을 나서 공원으로 갔다. 막 피기 시작한 벚꽃을 마주했다. 무채색이었던 마음에 분홍빛 물감을 톡 떨어뜨린 느낌이었다. 톡 떨어진 분홍이 순식간에 마음에 퍼졌다. 간지러운 것 같기도, 두근대는 것 같기도 했다. 살짝 흥분되는 듯하기도 했다. 설렘이었다.

'드디어 봄이 왔구나.'

설렘, 오랜만에 느껴보는 감정이었다. 사별이라는 슬픈 사건을 겪고 과부 신세가 되어버린 내가 다시는 느낄 수 없을 거라 생각했던 감정이었다. 그 기분 좋은 감정이 답답하고 불안했던 마음에 위로가 되었다.

그날 이후, 나는 두 아이를 데리고 수시로 공원에 갔다. 오늘은 또 어떤 꽃이 피었을까 기대하면서 말이다. 기대하는 것이 생기니 설렜고 활력이 생겼다. 위로가 필요한 순간에는 위로가 되었다. 갈 때마다 새로운 꽃과 나무를 보면 행복했다.

행복도 학습이라고 했던가. 오늘 느낀 행복을 놓치지 않는 방법을 학습했다. 매일 설렘을 찾는 것이었다. 학창 시절, 보물찾기를 할 때 신나고 즐거웠다. 막상 찾고 보면 대단한 보물이 아니었는데도 말이다. 매일 현실 속에서 설렘을 찾는 건 마치 보물찾기 같았다.

코로나 속 장마, 장마 끝에 코로나로 지칠 수밖에 없던 어느 날 저녁이었다. 오랜만에 맑았던 어느 저녁, 파란 하늘에 노을이 지기 시작했다. 분홍빛으로 물들기 시작한 노을이 내 마음에 슬그머니 다가왔다. 분홍빛 설렘이 서서히 스며들어 지친 마음을 어루만져 주었다. 그렇게 위로받은 순간 행복했다.

장마로 더위를 느낄 새 없던 여름이 막바지에 이르렀을 때쯤이었다. 과외로 바쁘게 지내던 그 때, 주차를 하고 차에서 내렸는데 아파트 화단에 연보라색 꽃이 있었다. 바쁜 와중에 잠시 멈춰서 꽃을 보았다. 설렘을 주었기 때문이다. 이름은 알 수 없었지만, 코스모스를 닮은 그 꽃에서 가을을 느꼈다. 문득 느껴진

가을에 설렜다. 가벼운 설렘이 피곤함으로 마음에 가득 찼던 짜증을 밀어냈다.

어느 날에는 파랗게 갠 하늘이 설렘을 주기도 했다. 장마철, 며칠 동안 먹구름으로 덮인 하늘을 보고 있자니 가슴이 먹먹했다. 갑자기 남편이 보고 싶었다. 막막한 마음에 참았던 눈물이 쏟아졌다. 저 멀리에 파랗게 갠 하늘이 눈에 들어왔다. 눈물을 닦았다. 먹구름 끝에는 새파란 하늘이 기다리고 있다니, 다가올 시간이 설레었다. 희망을 품은 설렘이 그리움과 슬픔, 그리고 절망이 영원하지 않을 거라는 믿음을 주었다.

매일 즐겁고 새로운 일이 일어난다면 굳이 노력하지 않아도 설렐 것이다. 내일이 기대될 것이다. 내일은 또 어떤 재밌는 하루가 펼쳐질까 하고 말이다. 아쉽게도 꿈이나 동화 속에서는 가능할 법하지만, 현실에서는 불가능한 일이다. 새로움에 신나는 날보다는 평소와 다를 바 없이 평범한 날이 많다. 대부분 비슷한 일상이 반복된다. 결국 일상을 지루하게 여기고 불평하는 매너리즘에 빠져버리고 만다. 특별히 나쁜 일이 일어나지 않음에 감사하고 행복해야 할 텐데 말이다.

그게 잘 안 되니 매일 사소한 행복을 찾기 시작했다. 매일 설렘의 대상, 설렘의 순간을 찾았다.

내가 좋아하는 커피 향, 미세먼지 없이 맑은 하늘, 겨울 끝에 느껴지는 따뜻한 봄 공기, 챙겨보는 TV 드라마, 좋아하는 작가의 신간, 좋아하는 음식, 만개한 봄꽃, 무더위 속 소나기, 첫 눈, 등 설렘의 대상이 될 수 있는 건 많았다.

어제의 설렘으로 찾은 행복을 놓치지 않으려 오늘도 난 현실 속 설렘이라는 보물을 찾으며, 사별의 아픔을 극복하고 있다. 하루도 잊지 않고 매일 열심히 행복을 찾고 있다.

시간이라는 약

"시간이 약이야. 시간이 지나면 괜찮아져."

실패나 이별의 아픔 등 가슴 아픈 일로 힘들어 할 때면 주변에서 시간이 약이라는 말로 위로를 건네곤 했다. 당시에는 그 위로가 마음에 닿지 않았다. 가슴이 찢어질 듯 힘든데, 아무것도 할 수 없을 만큼 아픈데 시간이 약이라니. 시간이 지나도 전혀 나아질 것 같지 않은 아픔인데 시간이 지나면 괜찮아진다는 말은 거짓말이라 생각했다.

내가 겪고 있는 아픔을 모르는 사람이 그냥 하는 말 같던 그 말은, 세월이 지나고 보면 정말 맞는 말이었다. 괜찮아지기까지 오랜 시간이 걸렸어도, 설사 괜찮아지지는 않았더라도, 확실히 아픔이 무뎌지기는 했다. 시간이 약이라는 말은 누가 만든 말일까. 엄마, 할머니, 할머니의 엄마, 할머니의 할머니. 시간을 거슬러 올라간 아주 오래전부터 어른들이 겪은 바를 통해 알게 된 진리가 아닐까 하는 생각이 든다.

시간이 지나고 난 뒤 돌이켜 보면 어떤 아픔도 결국 무뎌졌다.

출산의 과정을 겪어 보지 않은 사람은 그 아픔이나 고통이 어떤지 알지 못한다. 첫째 아이 출산을 앞두고 매일 불안했다. 출산일이 가까워질수록 불안함, 긴장감은 더해졌다. 진통이 얼마나 큰 고통인지는 많이 보고 들어 모를 수가 없었지만, 실제로 내가 겪어보지 않은 고통이었기에 그 크기를 가늠할 수 없었다. 불안하고 걱정된다고 친정엄마에게 하소연하면 시간이 약이라는 말이 돌아왔다.

"많이 아프기는 해. 고통스럽지. 엄마는 게다가 쌍둥이를 출산했잖아. 얼마나 더 힘들었겠어. 죽을 뻔했지. 그런데 시간이 약이야. 엄마도 그 생각으로 이 악물고 버텼어. 진통 시간을 겪고 나면 괜찮아져. 너무 걱정 마. 잘할 거야 수정아."

시간이 약이라니, 너무 뻔한 위로가 아닌가 생각했다. 위로가 되지 않았다. 불안함이 줄어들지 않았다. 예정일을 넘기고도 소식이 없어 유도분만 날짜를 잡았다. 아이를 빨리 만나고 싶은 마음이 있었지만, 한편으로는 진통에 대한 두려움에 유도

분만 날짜가 다가오는 것이 싫기도 했다.

드디어 D-day! 유도 분만하기로 한 날 아침 일찍 산부인과로 갔다. 촉진 주사를 맞기 시작한 지 두 시간쯤 지났을까, 진통이 느껴지기 시작했다. 시간이 지날수록 고통이 커졌다. 아픈 건 잘 참는 편이라 잘할 수 있지 않을까 생각했는데, 처음 겪어 보는 통증에 나도 모르게 비명이 나왔다. 정신이 혼미해지기까지 했다. 정신이 혼미해지면 아픔도 무뎌져야 할 것 같은데, 아픔은 반대로 더 선명해졌다. 혼미한 와중에 머리가 복잡했다.

'이걸 어쩌지, 내가 이 과정을 무사히 견딜 수 있을까. 어떻게 하면 덜 아프지.'

보통은 참을 수 없을 만큼 괴로워지면 괴로움을 덜 느끼고자 어떤 액션을 취하게 되는데, 출산 과정의 괴로움은 어떤 액션을 취한다고 덜해질 게 아니었다. 머리를 굴린다고 될 일이 아니었다. 통증과 고통을 그대로 느껴내는 것 외에는 할 수 있는 것이 없었다.

정말 미치겠던 그 순간, 시간이 약이라는 말이 뇌리를 스쳤다. 그래 그거야! 지푸라기 같은 그 말을 붙잡았다.

'이 시간만 버티자. 지금만 지나면 고통이 끝날 거야.'

그 말을 붙잡고 버텼다. 머지않아 아이 울음소리가 들렸고 아이가 품에 안겼다. 아이가 안기는 순간 거짓말처럼 극심했던 진통이 사라졌다. 고통의 시간이 지나니 괜찮아졌다. 정말로 시간이 약이었다.

그 이후로 나는 아픔이나 고통이 클 때마다, '시간은 약이다.'라는 말을 되뇌며 버티게 되었다. 시간이 흐르면 괜찮아질 거라는 생각으로 스스로 위로했다.

살면서 겪은 가장 큰 아픔은 사별의 아픔이었다. 슬픔이 나에게 깊이 파고든 채 '넌 벗어날 수 없어.'라고 속삭이는 것 같았다. 극복할 수 없을 것 같은 크기, 강도의 아픔이었다. 어느 정도는 감정을 의지로 다스릴 수 있다고 생각했었는데 의지대로 되지 않았다. 생각이라는 것이 되지 않았다. 아프다고 한 마디로 표현할 수 없는 깊이였다. 숨을 쉬고 있는데 숨이 막혔다.

슬픔과 아픔이 영원할 것 같았다. 며칠 동안은 그랬다. 두 아이 덕분에 의지가 굳어 통제 불가였던 감정을 다독였다. 악을 쓰고 울던 슬픔의 감정이 진정하고 잠들었다. 아픔도 그 곁에 잠들었다. 종종 잠들었던 아픔과 슬픔이 예고 없이 깨어나기도 했다. 눈물이 흘렀다. 한동안 슬픔에 휘둘리고 나면 다시 잠잠해졌다.

남편이 떠나고 나서 줄곧 뜨거운 것 같기도, 답답한 것 같기도 한 알 수 없는 불편함이 가슴에 있었다. 남편의 1주기가 지나고 나서부터는 슬픔과 아픔이 깨어나는 횟수가 조금은 줄었다. 그리고 무뎌졌다. 아픔에 가까운 그 불편함이 없어졌다. 가슴에 단단하게 뭉쳐있던 슬픔 응어리가 녹은 것 같다. 무뎌지는 아픔에 남편에게 미안한 마음이 든다. 미안함에 억지로 붙잡아 봐도 소용없다. 시간이 약이라는 것은 결국 정말 그럴 수밖에 없는 것이지, 의지대로 되는 건 아닌가 보다. 그래서 얼마나 다행인가. 어떤 슬픔이나 아픔도 세월이 흐른 후에는 기억에서 희미해져 무뎌지니 말이다.

곁에 있어
고마워

어릴 적에 우리 집 담벼락 사이에 길고양이가 새끼를 놓고 가버렸던 적이 있다. 밤새 담벼락 사이에서 우는 고양이를 구해 며칠 동안 집에서 보살폈다. 틈만 나면 마당에 나가 고양이를 안아줬다. 내 품에 폭 안겨 몸을 기대는 아기 고양이가 좋았다. 시도 때도 없이 고양이를 품에 안고 말 걸어줬다.

"애기야. 너무 예쁘다. 내가 너 나비라고 이름 붙여줄게. 나비야!"

나비, 그 당시 가장 흔하게 고양이에게 붙이던 이름이었다. 흔한 이름을 가진 나비는 나에게 특별한 존재였다. 동물과 교감을 나눈 것이 나비가 처음이었기 때문이다. 나비가 집에서 지낸 지 며칠 안 지난 어느 날, 나비를 볼 생각에 하교 후 서둘러 집에 왔다. 대문을 열고 들어가면 보여야 할 나비가 보이지 않았다.

"할머니. 나비 어디 갔어? 나비 왜 없어?"

"나비, 다른 집에 보냈어. 우리가 키우기 힘드니까. 잠시만 돌봐줬던 거야."

작별 인사도 못했는데, 마음의 준비도 못했는데 그렇게 갑자기 나비와 이별을 했다. 며칠 사이에 정들었던 나비를 다시 못 본다는 생각에 슬퍼서 한참을 울었던 기억이 있다.

단 며칠을 함께한 나비도 정이 들어 갑작스레 보내기가 슬펐다. 남편과의 갑작스러운 이별에는 비할 바가 아니었지만 말이다.

남편이 내 곁을 떠나 하늘나라에 간 지 일 년이 넘었다. 이만하면 사별의 아픔을 잘 이겨내고 잘 살고 있는 것 같다.

누군가 나를 걱정하면 괜찮다고 걱정 말라고 했다. 정말 내가 괜찮다고, 잘 이겨내고 있다고 생각했기 때문이다. 그러다 가끔은 내가 정말로 괜찮은 게 맞나 하는 생각이 들었다.

남편은 여전히 이 세상 어딘가에서 바쁘게 일하고 있는 것 같은 느낌이었다. 남편의 부재로 인한 허전함을 일부러 의식하지 않아서인지도 모르겠다. 살아있을 때도 항상 바빴기 때문에 그의 부재가 익숙하다며 합리화했다. 그러면 괜찮았다. 가끔은 괜찮다는 것이 거짓 감정일지도 모르겠다는 생각이 들었지만 깊게 고민하지 않았다.

가족은 함께하는 존재, 그것이 당연했다. 남편은 나에게 소중한 존재임에 틀림이 없었지만, 함께하는 것이 당연했기에 소중함을 굳이 의식할 필요가 없었다. 서로에게는 감정의 민낯을 드러냈다. 힘들면 힘든 그대로 서로에게 짜증내고 투정 부렸다. 아무리 짜증내고 투정부려도 언제나 서로의 곁에 함께할 존재라는 믿음이 있었기 때문이다.

나에게 가장 소중한 사람이었다는 것을 마음만큼 표현하지 못했던 것이 후회되지만, 이제는 후회하고 자책하지 않기로 했다. 곁에 있는 것이 당연했던 사람이 떠난 후에 후회하고 자책한들 무슨 소용이 있을까. 살아 돌아올 수가 없는데 말이다.

요즘 나를 가장 힘들게 하는 건 두 아이다. 참 모순이다. 이 세상에서 제일 사랑하는 존재가 나를 가장 힘들게 한다니 말이다. 함께하는 시간이 많고, 사랑하는 만큼 신경 쓰이는 존재여서인 것 같다. 애정이 없는 타인이었다면 이렇게까지 관심 두고 마음 쓰지 않았을 테니 말이다.

코로나 시대에 살다 보니, 두 아이와 붙어 있는 시간이 늘었다. 그래서 좋다. 좋지만 그렇지 않기도 하다. 함께하는 시간이 늘어난 만큼 사소하게 싸울 일이 늘었다. 잔소리하고 싶은데 참아야 하는 순간도 늘었다. 사춘기 형제의 난 속에서 새우등 터져 난감한 순간도 많아졌다. 무기력하고 반항기 많은 사춘기 소년들을 보고 있자면, 마음이 답답할 때가 많다. 춘기 소년들도 아마 같은 마음일 것이다. 하루 종일 싸웠다 화해했다가를 반복하면서, 잠들기 직전까지 미운 날도 있다.

그럼에도 불구하고, 나란히 내 옆에 누워 잠든 모습을 보고 있으면 행복하다. 지지고 볶고 힘들게 해도 내 옆에서 함께 숨 쉬며 살아가고 있다는 사실에 감사하게 된다. 두 아이가 건강하게 내 곁에 있다는 사실이 위로가 되어 종일 쌓였던 마음의 피로를 녹여준다. 잠에 빠져 들리지도 않을 두 아이의 귀에 대고 속삭여 본다.

"곁에 있어줘서 고마워."

두 아이는 나에게 가장 큰 위로가 되어 주는 존재임에 틀림이 없다.

내일은 내일의
태양이 뜨니까

〈바람과 함께 사라지다〉라는 영화를 어릴 때 봐서 그런지 잘 기억나지는 않지만, 여자 주인공인 스칼렛의 허리가 굉장히 얇았다는 건 기억이 난다. 그리고 그녀의 마지막 대사가 떠오른다.

"After all, Tomorrow is another day."

가냘픈 주인공은 시련 앞에서 무너지지 않았다. 내일의 태양이 뜬다고 스스로 위로하고 마음을 다잡았다. 그 모습이 멋져서 한동안 머리에 남아 떠나질 않았다. 그 이후로는 살면서 다양한 시련이 있었지만 기억 속에 묻힌 이 말을 다시 꺼내보진 않았다. 시련 앞에서 힘들다 했지만, 그만큼 힘들지는 않았던 모양이다.

나는 30대가 가장 행복했고, 또 가장 힘들었다. 28세에 결혼 후 두 아들의 엄마가 되고 30대 중반까지는 행복했다. 마음이 편하고 안정감 있었다. 큰 욕심 없이, 이만하면 가진 게 많다고 느꼈다. 특별한 일은 없었지만 소소한 일상이 만족스러웠다.

다정한 남편 덕분에 행복했다. 서울대학병원에 근무하던 당시, 늦은 퇴근길 떡볶이를 좋아하는 나를 위해, 병원 근처에 있던 유명 프랜차이즈 떡볶이를 포장해 긴 시간 지하철과 버스를 환승하여 왔다. 지금은 집 근처에 지점이 여러 개 생겨 배달시켜 먹을 수 있지만, 당시만 해도 그렇지 않았다. 한 시간 넘게 걸려 집에 오느라 이미 다 식어버린 떡볶이였지만, 십년 가까이 지난 아직까지 기억에 남을 만큼 맛있게 먹었다. 잘 놀라고 마음이 약한 내가 어떤 일에 당황해서 안절부절 정신없어하면, 차분하게 나를 안정시켜줬다. 남편이 있으면 안심이 되어 세상 어떤 일도 함께 잘 헤쳐 나갈 수 있을 것 같았다.

사랑스런 두 아이의 존재는 더 이상 바랄 게 없는 이 세상 부자처럼 느끼게 해줬다. 내 곁에 있는 행복, 나를 둘러싼 행복을 의식적으로 찾지 않아도 행복했다. 그렇기에 내 곁에 있는 행복을 찾는 방법을 몰랐다. 알 필요가 없었다. 행복하고 안정감 있는 삶이 자연스럽고 당연했다.

영원할 것 같았던 행복, 안정감이 흔들리기 시작했다. 남편이 옮긴 직장에서 힘들어하면서부터가 시작이었다. 내가 흔들릴 때마다 중심을 잡아주던 남편이 흔들리니 내 마음도 중심을 잃었다. 사소한 일에도 휘청거렸다. 매일 마음이 불안하고 괴로웠다. 급기야 불행하다는 생각까지 했다. 특별할 것 없는 평범한 일상에서도 행복했던 내가 별일 없이도 불행했다.

언젠가부터는 쉽게 당황하는 나와 달리 차분해서 든든했던 남편이 답답하게 느껴졌다. 눈빛만 봐도 마음이 통한다고 느꼈던 남편과 말이 통하지 않는 것 같았다. 사랑하는 두 아이 잘 키우겠다고 열심히 살다 보니 조급함이 생겼다. 귀엽고 예쁘기만 했던 아이들이 짐처럼 느껴지기도 했다.

다시 행복하게 살고 싶었다. 새로운 행복의 태양이 뜨기를 바랐다. 욕심이라는 건 끝이 없고, 내면 낼수록 나를 힘들게 만드는 것이었다. 아이에 대한 욕심, 시간에 대한 욕심, 성취에 대한 욕심 등 내 안에 쌓인 욕심을 버려야 했다. 성취감에 집착하지 않으려 노력했다. 쫓기듯 바쁘기만 했던 나를 버리고 여유를 갖고자 노력했다.

그러던 중에, 남편의 죽음이라는 인생 최대의 시련이 닥쳤다. 시련 앞에 휘청, 열심히 찾아 쌓고 있던 행복이 위태로웠다. 행복을 포기하기 싫었다. 아이들과 행복하게 살고 싶었다. 빨리 정신을 차려야 했다. 여전히 나를 감싸고 있는 옅은 행복에 기대어 힘을 내보기로 했다.

내 곁을 떠난 남편의 빈자리는 있었지만, 아직도 내 곁을 지키고 있는 행복이 있었다. 내일은 내일의 태양이 뜬다는 영화 속 주인공의 말이 위로가 되었다. 아픈 오늘을 지나가게 놔두고 새로운 내일을 맞이하기로 했다. 이왕이면 내일을 행복하게 맞이하기로 했다.

이만하길
다행이다

둘째 아이는 운동신경이 나쁜 편이다. 그래서일까, 운동을 하러 가서 넘어지기만 하면 다쳐서 온다. 코로나 확진자 수가 늘어 생활체육 수업을 한 달 넘게 쉬었다. 그러다가 오랜만에 수업이 재개되어 운동하러 갔다. 운동을 좋아하지 않는 둘째 아이가 오랜만에 가는 수업에 잔뜩 신이 났다.

들뜬 목소리로 웃으며 수업 갔던 아이가 수업 후 돌아온 셔틀에서 내리는데 울고 있었다. 인라인 타다가 발목을 다쳤다고 했다. 서둘러 아이를 데리고 병원으로 갔다. 부축하며 걷는데도 힘들어 했다. 다친 오른 발이 살짝 땅에 닿아도 비명을 지르며 울었다. 병원에 도착해 엑스레이를 찍었다. 선생님이 엑스레이 결과와 초음파를 보며 입을 열었다.

"인대가 늘어나고 복숭아뼈에 금이 갔어요. 성장판 근처라

영향을 줄 수도 있으니 조심해야 해요. 지켜봅시다. 수술할 정도는 아니에요. 반 깁스할 건데 절대 풀면 안 돼요."

깁스한 채 목발 짚고 힘들게 발걸음을 옮기는 아이의 모습이 짠했다. 내 마음을 아이가 눈치챘는지, 이만하길 다행이지 않느냐며 웃었다. 아이가 먼저 긍정적으로 생각하자고 해주니 다행이었다.

수술할 정도가 아니어서 다행이었다. 뼈가 부러지지 않은 게 다행이었다. 당장 성장판을 다친 것이 아니라 다행이었다. 아이가 아프고 불편해서 힘들 텐데 밝게 웃어 다행이었다. 아이가 생각보다 크게 다쳐 속상하고 우울했는데 이보다 더한 상황이 아님에 다행이라 생각하니 속상한 마음에 위로가 되었다.

사고가 나거나, 예상치 못한 일로 당황스럽고 속상할 때 주변에서 이만하길 다행이다, 액땜했다 생각하자 등의 말로 위로를 전하곤 했다. 하지만 이만하길 다행이라는 말은 마음까지 닿지 않았다

'왜 나에게 이런 일이 생긴 걸까. 왜 하필 지금, 나에게 이런 일이. 좋은 일만 생길 수는 없는 걸까.'

몇 년 전까지만 해도 나는 작은 시련도 지나치지 못하고 움켜쥐어 마음에 던졌다. 우울의 물결이 마음에 퍼졌다. 점점 커져 거대한 물결을 만들었다. 결국에는 우울 속에 잠겨 버렸다. 몇 년 사이에 숱한 시련을 겪으며 매번 그것을 붙잡다 보니 견디기 힘들 정도가 되었다. 시련도 겪어 본 사람이 이겨낼 줄도 알게 되나 보다. 시련은 붙잡는 것이 아니라 내버려야 하는 것이라는 걸 깨달았다.

시련 때문에 스치는 우울한 감정을 붙잡지 않았다. 이만하길 다행이라고 생각하면 속상한 마음에 위로가 되었다. 위로가 마음에 퍼졌다. 그런 후에는 감사한 감정이 따라왔다. 우울함이 감사함으로 전환되었다.

'이만하길 다행이다. 그래서 감사하다.'

사소한 순간의 부정적인 감정에 휘둘리지 않고 긍정적인 감정으로 전환할 수 있는 위로의 말이 있어 다행이었다.

갑작스럽게 떠난 남편의 빈자리로 인한 경제적인 문제는 걱정하지 않아도 되었다. 감사하게도 양가 아버지가 지원해 주기로 하셨기 때문이다. 슬픈 현실 속에서 다행인 일이었다.

"넌 아무 걱정하지 말고 애들하고 행복하게 살아."

"건이 엄마랑 건이 준이 위해 최선을 다해 살다 갈 거야. 나중에 하늘나라 가면 건이 아빠 얼굴 보고 아빠가 네 처자식 위해 열심히 살다가 왔다고 말해줄 거야."

갑작스러운 사별로 내가 가장이 되어 당장 돈을 벌어야 했다면, 10년 넘게 전업주부로 살다가 갑자기 사회생활을 해야 했다면 얼마나 더 서글펐을까.

이 세상에서의 이별로 인한 슬픔, 남편의 부재로 인한 외로움, 충격적인 사건으로 인한 트라우마, 거기에 가장이라는 무게까지 더해졌다면 과연 나는 버틸 수 있었을까. 버티기 힘들어 포기하는 것이 빠르다고 생각했을 것이다. 지금처럼 나름의 행복을 찾으며, 변함없는 일상을 살기 힘들었을 것 같다.

가장이 떠났지만, 망설이지 않고 우리 집 가장이 되어주신 양가 아버지 덕분에 내가 여전히 웃을 수 있는 게 아닐까 싶었다. 슬픔 속에서도 다행이라 생각하며 안심하게 되었다.

내 마음에 착한 사람

남편의 갑작스러운 부고를 주변에서 아는 것이 싫었다. 장례 기간에도 장례식장에 상복을 벗어놓고 집에 왔다. 장례를 치르고 아무 일 없었다는 듯 일상을 살았다. 좋지 않은 일로 사람들 입에 오르내리는 것이 싫었다. 한 사람이 알게 되면 소문이 퍼질 것이라 생각했다. 이 나이에 내가 과부라니, 소문나는 것이 싫었다. 나와 두 아이를 안쓰러워할까 봐 싫었다. 남들에게 좋은 모습만 보여주고 싶었다. 완벽주의와 인정중독이 여전히 내 안에 남아 있었다.

슬픔은 오직 나 혼자 있을 때만 드러냈다. 동네를 지나가다 우연히 아는 사람을 만나면 밝은 표정으로 인사했다. 인사를 하고 돌아서면 사람들이 나를 향해 수군대는 것 같았다. '혹시 알고 있는 건 아닐까. 동네에 소문이 났을까. 알고 있는데 모르는 체한 걸까.'

동네에서 아는 사람과 마주치는 것이 힘들었다. 누군가 마주칠까 겁이 나, 마트에 갈 일이 생기면 집 앞 마트에 가지 못하고 차를 타고 옆 동네 마트로 갔다.

두 번째 책이 출간된 후, 책을 들고 찍은 사진을 카톡 프로필 사진으로 등록했다. 동네 지인이 프로필 사진을 보고 연락을 했다.

"프로필 사진 보니 책을 들고 있네. 누구 책이야?"

쉽게 답할 수가 없었다. 책을 통해 사별했다는 사실을 알게 될까 봐 겁이 났다. 카톡 프로필 사진을 그 사진으로 등록했던 걸 후회했다. 고민 끝에 밤늦게 답을 보냈다.

"제 책이에요."

며칠 후 연락이 왔다. 책을 통해 뒤늦게 소식을 알아서 미안하다고, 나의 삶을 응원한다고 했다.

불편한 감정이 들 줄 알았는데, 내 책을 읽어줬다는 사실과 나를 응원해 주는 마음에 고마웠다. 내 책이라고 바로 답을 하지 못했던 것이 멋쩍을 만큼 불편함이 없이 고마운 마음뿐이었다.

두 권의 책을 통해 남편의 이야기를 세상에 공개했다. 우연히 책을 보고 소식을 알게 된 동네 사람들이 생겼다. 동네 사람들이 알게 돼도 내 마음이 괜찮았다. 내 생각이나 두려움만큼, 타인은 나에게 관심이 없었다. 내 뒤에서는 알게 모르게 소문이 났을지도 모르겠지만 이제는 상관없는 일이 되었다. 사별이 남긴 큰 상처가 나를 성장하게 했다. 상처 때문에 마음을 사리다 보니 불필요한 감정소모 하는 일이 줄었다.

어릴 때부터 나는 타인에게는 착한 아이었다. 정작 내 마음에게는 착하지 않았다. 다른 사람의 시선이나 감정에 신경 쓰느라 내가 불편하거나 싫어도 참았다. 그래서 친구들과 싸우는 일이 없었다. 어른에게 혼나는 일도 거의 없었다. 언제나 남의 마음이 우선, 내 마음은 뒷전이었다. 배려하지 못했다. 내 마음이 병들고 있는 줄도 모르고 말이다. 마음속 상처가 보이거나 아프다 소리 냈으면 알아차렸을 텐데, 겉으로 드러나지 않기에 알지 못했다. 사별의 충격이 기폭제가 되어 마음의 병을 겉으로 드러냈다.

불안이 주된 감정으로 마음에 자리매김했다. 불안이라는 감정은 그 자체로도 감당하기 어려운데 우울, 슬픔, 후회, 자책, 아픔, 예민함, 괴로움, 조급함 등 또 다른 부정적인 감정을 파생시켰다. 더 이상 무던하게 사는 것이 어려워졌다. 이제야 나는 마음을 사리고, 내 마음을 최우선으로 생각하게 되었다.

"타인을 배려하되, 내 마음이 허락하는 범위까지만 하면 된다. 내 마음을 희생시키면서까지 남을 배려할 필요는 없다."

바쁘게 움직였다. 쉬지 않고 할 일을 찾아서 했다. 마음가짐을 바꿨다. 부정 대신 긍정을, 걱정 대신 희망을 생각했다. 힘들 때는 나름의 긍정적인 이유를 찾는 합리화도 좋은 방법이었다.

마음이 편해졌지만 아직도 불안은 내 안에 자리잡고 있다. 틈만 나면 고개를 내민다. 내 마음에 착한 사람이 되려고 열심히 노력중이다. 그러다 보면 언젠가는 불안을 완전히 차단시킬 수 있을 거라 기대한다.

사별의 아픔을 통해, 어릴 적부터 오랜 시간 마음에 쌓인 상처가 겉으로 드러났다. 그 덕분에 내 마음은 요즘 성장기를 보내는 중이다. 타인의 마음을 먼저 살피느라 제대로 자라지 못한 내 마음이 성장하는 중이다. 멋지게 성장할 내 마음이 기대가 된다. 강하고 멋지게 성장할 내 마음이 기대가 되는 요즘이다.

내 마음속 파랑새

'파랑새' 이야기는 누구나 한 번쯤은 들어본 이야기이다. 어린 남매가 성탄절 전야에 파랑새를 찾아 헤매는 꿈을 꾸다가 깨어나 자기들이 기르던 비둘기가 바로 그 파랑새였음을 깨닫는다는 내용으로, 행복은 가까이에 있다는 주제를 담은 이야기이다.

어린 시절 이 이야기를 읽었을 때는 별 감흥이 없었다. 불행한 것이 무엇인지, 또 행복하다는 건 무엇인지 크게 고민해 볼 일이 없었기 때문이다. 즐겁고 신나는 순간, 짜증나거나 속상한 순간이 있었지만 깊은 불행이나 행복을 온몸으로 느낄 일은 없었던 것 같다.

2021년 현재, 마흔한 살의 나이로 미망인의 삶을 살고 있는 난 행복하다. 남편의 부재라는 큰 결핍이 있지만, 그래서 아프기도 하지만 난 행복하다. 이런 나를 보며 독하다는 사람도 있다. 강하다는 사람도 있다. 나는 독하거나 강한 범주에 속하는 사람은 아니다. 마음이 여린 쪽에 속한다. 강하지 않은 내가 사별 후의 삶을 꿋꿋하게 버틸 수 있는 건 내 마음속의 행복 덕분이다. 행복은 내 마음속에 있다. 행복은 내 마음대로 결정하는 것으로 내가 생각하기 나름이다. 내 마음속 행복을 찾으면 다른 데서 찾지 않아도 된다.

몇 년 전의 나는 감정에 예민한 사람이었다. 온 신경이 날 서 작은 것에도 반응했다. 예민함이 쌓여 더 예민해졌다. 가족들은 이런 나를 보며 걱정했다.

예민함으로 인한 불필요한 감정 소모가 많았다. 감정을 낭비했다. 마음속에 있던 행복이 소진되었다. 마음에 행복이 남아 있지 않아서인지 불행하다는 생각이 들었다. 불행을 인지한 후에는 즐겁지가 않았다. 오랜만에 여행을 가도 즐겁거나 신나지가 않을 정도로 우울했다.

지난 몇 년간, 뾰쪽한 예민함으로 마음에 난 작은 상처를 스스로 늘렸다. 상처 틈새로 행복이 흘러나갔다. 행복이 있던 자리에 부정적인 감정이 자리 잡아도 방치했다. 마음에 뿌리내린 불행의 감정에 휘둘려 살았다. 그중에서도 지배적인 건 조바심이었다. 내가 가진 걸 놓칠까 봐 꽉 움켜쥐고 안절부절 했다.

어느 날 거울을 보는데, 내 얼굴이 늙어 보였다. 실제로 주름이 늘었는지는 모르겠지만, 생기가 없이 쪼글쪼글 볼품없어진 느낌이었다.

'난 이렇게 불행하게 살다가 젊음을 잃고 마는 걸까.'

30대 청춘을 조바심에 휘둘려 불행하게 살지 않겠다고 다짐했다.

조바심을 만드는 건 욕심과 걱정이었다. 그것들을 버리기로 했다. 마음은 먹었는데 방법을 알 수 없었다. 오래전 언젠가 걷고 난 후에 마음이 홀가분해졌던 것이 생각나 무작정 집을 나서 걸었다. 매일 집 근처를 걸었다. 한 걸음, 또 한 걸음, 걸으며 욕심과 걱정을 비워냈다. 욕심과 걱정은 비워도 다시 생겼다. 그래서 나는 매일 걸었다. 지금까지도 나는 매일 걷고 있다. 걸으면서 생각하고 비우는 과정을 하루도 빠짐없이 하고 있다.

부정적인 감정을 비워내기로 마음먹고 걸으니 비워졌다. 내 마음은 내가 마음먹기 나름이라는 걸 알았다. 조바심을 비워낸 자리에 행복을 채우기로 마음먹었다. 인생은 내 마음대로 흘러

갈 수 없으니 그냥 흘러가게 놔두기로 했다. 그리고 그 흐름에 상관없이 내 행복은 내가 정하기로 했다. 내가 행복하다 마음먹으니 다른 데서 찾지 않아도 행복은 내 마음에 있었다.

왠지 우울한 어느 봄날이었다. 우울함을 비우기 위해 걸었다. 걷다가 길에서 만개한 벚꽃 나무를 만났다. 그저 나무를 보고 꽃향기를 맡았을 뿐인데 행복했다. 남편이 그리워서였는지 아침부터 내 마음에 들어온 우울감이 오래 머물지 않았다. 걸으며 우울함을 비워내고 마음속 행복을 찾는 것이 내 마음대로 되었다.

행복에는 복리의 마법이라도 작용하는 걸까. 매일 조금씩 마음에 쌓은 행복이 눈덩이처럼 커졌다. 덕분에 이제는 크게 노력하지 않아도 쉽게 마음속 행복을 찾아 꺼내어 느낄 수 있게 되었다.

내가 어찌할 수 없는 것에 휘둘리지 않고 내 마음에 기대어, 내 마음대로 정한 행복에 의지해 살고 있다. 내 행복은 내 마음속에 있다. 마음만 먹으면 행복을 찾을 수 있으니 얼마나 다행인지 모르겠다.

행복 극대화

큰 아이가 부쩍 예민해진 것 같은 요즘이다. 사춘기 호르몬이 분비되는 시기라서 그런 것 같다. 사소한 일에도 쉽게 짜증내고, 매사에 불만이 많다.

"사는 게 별로 재밌지가 않아."

"건이야, 너 아까 게임하면서 엄청 신났던데."

"그 순간뿐이었어."

"아까는 행복했어?"

"응."

"잠깐이라도 행복을 느꼈다면 넌 행복한 사람이지. 어떻게 매 순간, 매일 네가 원하는 대로만 살 수 있겠어. 살다 보면 마음대로 안 되는 일이 훨씬 많고, 힘들고 짜증날 때도 많아. 그렇지만 사소하고 작은 행복을 마음에 간직하고 그 힘으로 살아가는 거지."

말이 길어지면 잔소리한다며 싫어하는 아이가 내 말에 토를 달지 않고 고개를 끄덕였다.

"그런가."

"응, 엄마도 얼마 전까지 잘 몰랐어."

나도 얼마 전까지는 행복을 극대화하는 방법을 몰랐다. 그래서 내가 불행한 사람이라 생각한 적도 있다.

엄마가 되기 전까지 나는 행복이나 불행에 대해 깊이 고민해 보지 않았다. 생각을 미뤘다는 말이 맞겠다. 고민이나 걱정이 생겼을 때, 시련이라 느껴지는 일이 있으면 생각하기를 멈췄다. 힘든 감정을 느끼지 않으려고 덮어버렸다.

엄마로서는 힘들다고 회피하는 것이 잘 되지 않았다. 아이로 인한 고민이나 걱정을 덮어두는 것이 불가능했다. 아이 일로 힘들고 속상하면 그대로 마음에 상처가 났다. 상처 난 마음이 아픔에 예민해졌다. 작은 일에도 마음에 크게 상처를 받았다.

행복에는 둔감해져서 잠깐 스치는 행복은 느끼지 못하고 놓쳤다. 사소한 행복에는 만족하지 못하고 더 큰 행복을 원했다.

좋은 말만 듣고, 좋은 일만 겪으며 살고 싶었다. 부족한 게 많은 사람이면서 완벽한 삶을 살고 싶어 했다.

큰 행복을 바랐고 작은 시련에도 민감하게 아파했다. 몇 년간 행복을 욕심내며 불행하게 살았다.

우연히 알게 된 '유즉시무 무즉시유' 라는 말이 생각의 전환점이 되었다. 있음은 없음이 있기 때문에 있음이고, 없음은 있음이 있기 때문에 없음이 있다는 뜻이다. 있음이 없으면 없음도 없는 것이 되고, 없음이 없으면 있음이 있을 수가 없기 때문이다. 같은 맥락으로 생각해보면, 불행이 있기에 행복도 있는 것이다. 불행과 행복이 양립할 수밖에 없다면, 내가 느끼는 불행은 의도적으로 최소화하고 짧게 스치는 소소한 행복조차도 놓지 말고 붙잡아 극대화해야겠다고 생각했다.

불행은 최소화, 행복은 극대화하기로 했다. 불행에 민감하고 행복만 욕심내던 내가 마음을 바꾸는 건 쉽지 않았다. 하지만 한번 마음을 바꾸니, 불행에 무뎌지고 행복에 민감해지는 것이 가능했다. 속상한 일이나 걱정스러운 일이 생겨도, 이 또한 삶의 일부라 생각했다. 남편과 사별한 아픔도 이겨내고 있는 내가 어지간한 건 큰 시련이 아니라고 생각하니 불행이 크게 와 닿지 않았다.

사소한 행복은 놓치지 않으려 노력했다. 작은 행복도, 크게 받아들이니 마음에 스며들었다. 가족의 건강, 친구의 공감, 좋은 날씨, 두 아이의 웃음소리, 반려견과의 산책, 아들과의 수다, 떡볶이, 커피, 좋아하는 노래 등 나의 일상 속에 있던 사소한 것들이 행복으로 다가왔다. 특별할 게 하나도 없는 평범한 일상에서 행복을 느꼈다.

불행이 있기에 행복이 있고 행복이 있기에 불행이 있다. 불행과 행복은 함께 존재한다. 불행하다는 생각이 들면 그 생각을 최대한 작게 만들었다. 나도 모르게 피식 웃게 되는 짧은 순간의 행복은 최대한 크게 만들었다.

독일의 철학자이자 작가 괴테는 고난은 행복을 극대화한다고 했다. 고난을 겪어보지 않은 사람은 행복이 행복인 줄 모른다는 것이다. 남편과의 사별이라는 엄청난 고난 덕분에 나는 평범한 일상 자체가 행복이라는 걸 깨달았다.

노래에
위로받아

학창시절 나는 또래에 흔한 여드름도 나지 않았다. 오히려 성인이 되고 나서 멀쩡하던 얼굴이 확확 뒤집혔다. 마음고생하거나 스트레스 받는 일이 생기면 볼에 트러블이 생겼다. 친구들은 내 볼이 엉망이 될 때마다

"수정이 얼굴 또 부끄러워졌어?"

라고 했다. 볼에 빨갛게 트러블이 올라오니 부끄러운 소녀 모습 같다나. 대학 졸업하고 은행에 입사해서 다니기 시작한 지 얼마 지나지 않아 얼굴이 뒤집혔다. 스트레스를 받으니 어김없이 볼에 트러블이 생겨 '부끄러운 소녀'가 되었다. 보통은 트러블이 생기면 피부과에서 치료 받고 약을 먹으면 가라앉았는데, 당시 생겼던 트러블은 도통 나을 기미가 보이지 않았다. 몇 달 동안 얼굴이 뒤집힌 상태로 사람 상대하는 일을 하는 것

이 괴로웠다. 틈만 나면 거울을 들여다보며 울었다. 주변에서 위로해주면 그 순간뿐이었다. 다시 거울을 보면 우울해졌다.

어느 날 운전하는데 라디오에서 'Life is cool' 이라는 노래가 흘러나왔다.

"My life is so cool ~ my life is so cool ~ oh yeah, From a different point of view"

노래를 흥얼거리다 보니 우울했던 기분이 좋아졌다. 부정적인 기운으로만 가득 찼던 마음에 긍정 에너지가 들어왔다. CD를 구매해서 수시로 그 노래를 들었다. 그날 이후 나는 한동안 거울을 보지 않았다. 우울해지고 싶지 않았다. 힘들게 들어온 긍정에너지를 내보내고 싶지 않았다. 얼굴이 트러블로 가득했지만 항상 웃었다. 어느새부터인가 우울하지 않았다. 얼마의 시간이 흘렀는지는 정확히 기억나지 않지만 자연스럽게 얼굴도 깨끗해졌다.

음악이 우울한 기분을 달래주고 위로를 줄 수 있다는 걸 처음으로 경험했던 일이다. 좋은 글이나 따듯한 말 한마디가 슬픔이나 절망에 빠진 누군가를 살릴 수 있듯, 노래나 음악 또한 그렇다는 걸 알게 되었다.

엄마가 자장가 불러주던 어릴 적 기억은 뚜렷하지 않지만 따뜻한 기억으로 남아있다. 고무줄놀이를 하며 노래를 불렀다. 학창 시절에는 좋아하는 가수의 노래를 들었다. 당시 나는 R.ef라는 그룹의 노래를 좋아했다. 그 가수의 노래가 좋아 명동에서 나눠주는 콘서트 티켓을 받으려 반나절 줄을 서기도 했다. 처음 연애를 시작했을 땐 모든 노래가 기분 좋게만 들렸다. 이별 후엔 귀에 들려오는 노래가 눈물샘을 열었다. 울고 나면 슬픔이 조금은 내 안에서 흘러나간 기분에 후련했다. 돌이켜 생각해보니 노래는 언제나 내 옆에 있었다. 내 옆에서 즐거움과 위로를 주면서 말이다.

사별 후에도 노래를 통해 위로를 받고 있다. 남편이 인사도 없이 하늘나라로 떠난 후 우연히 들었던 노래 가사가 남편이 미처 하지 못한 말을 전하는 것 같았다. 그 말이 마음에 닿아 원망, 미움, 미안함, 후회 등의 감정을 달래 주었다.

남편이 유난히 보고 싶은 날이나 나를 남겨두고 간 남편에 대한 원망, 남편을 먼저 보낸 것에 대한 자책으로 마음이 힘든 날에는 전주 멜로디만 들어도 눈물이 났다. 내 이야기 같은 가사에 흠칫 놀라기도 했다.

"그대에게 받은 게 많아서 표현을 다 할 수가 없어요. 나 지막한 인사에 수많은 내 마음 고이 담에 그대에게로 건네면 내 마음 조금 알까요. 어떤 이유로 만나 나와 사랑을 하고 어떤 이유로 내게 와 함께 있어준 당신"

아무에게도 털어놓을 수 없었던, 남편과 나 둘 사이의 마음에 공감해 주는 것 같아 위로가 되었다.

노래가 내 삶에 함께하며 나를 위로해 주고 있다.

자연에 기대어

내가 자연의 일부이기 때문일까, 바쁜 일상 속에서 자연이 느껴지는 순간에 나는 안정감을 느껴 기분이 좋아진다. 내가 자연의 일부라는 것은 굳이 설명하지 않아도 살면서 자연스럽게 깨닫게 되는 사실이다. 나를 둘러싼 것이 모든 자연이기 때문이다. 자연 안에서 나는 그것과 어우러져 살고 있다. 매일 매순간 곁에 있기에 의식하지 못할 때가 많다. 그렇다고 해서 자연이 서운해하지 않는다. 변함없이 언제나 내 곁에서 나를 감싸고 있다. 자연은 나에게 좋은 친구이다. 작은 관심에도 선물로 화답한다. 기분 전환, 위로, 행복, 설렘 등을 선물해 준다. 그런 자연이 나는 좋다.

봄기운이 느껴지기 시작한 무렵이었다. 제법 따뜻해진 날씨에 두꺼운 겨울 외투를 벗고 가벼운 옷차림으로 근처 공원을 걸었다. 나무마다 가지만 앙상한 상태였다. 따뜻해졌다 해도 아직은 겨울이었다. 공원 입구에 자리하고 있는 매화나무에 가까이 다가갔다. 눈을 크게 뜨고 자세히 보니 가지 군데군데 바닐라 색 새순이 올라오고 있었다. 봄이 코앞에 왔음을 느꼈다. 기분이 좋았다. 봄은 새로운 시작을 알려서일까, 나는 봄기운을 느끼면 설렌다. 그 순간 행복하기도 하다. 몇 분 안 되는 짧은 시간 동안 관심 줬다고 자연은 나에게 선물을 줬다. 설렘과 행복이라는 선물 말이다.

아무 생각 없이 자연을 느끼며 걷는 것만으로도 기분이 좋다. 잠시 멈춰 자연에 집중하면, 나에게 말 거는 것 같은 착각에 빠지곤 한다. 남편이 그리워서였을까, 빈자리가 허전해서였을까 유난히 외로움이 느껴지던 어느 날이었다. 까치가 떠들어댔다. 가까이 갔다. 나무 가지에 앉은 까치가 저도 외롭다며 깍깍 대는 것 같았다. 내 마음 알아준 것 같아 위로가 되었다. 문득 떠오른 남편이 그리워 울컥했던 순간, 내 주위를 맴돌던 나비가 남편처럼 느껴졌다. 남편이 슬퍼말라고 말해주러 온 게 아닐까 생각했다.

장대비가 내리던 날이었다. 거칠게 내리는 그 비에 내가 할 수 있는 건 집 안에서 창밖을 내다보는 것뿐이었다. 멍하게 창밖을 보는데, 눈앞에 보이는 산이 당장 자신에게 오라고 하는 것 같았다.

우산도 없이 산으로 갔다. 온몸이 빗물에 젖었다. 살면서 인식하지 못했던 자유에 대한 열망이 충족된 순간이었다. 40년을 살면서 가장 큰 자유로움을 느낀 순간이었다. 홀딱 젖어 몸이 떨렸지만 기분은 최고였다.

얼굴을 환하게 비추는 햇빛에서 포근함을 느낄 때가 있다. 마음이 안정되고 편안할 때 그렇다. 얼굴에 내리쬐는 햇빛이 짜증날 때가 있다. 마음이 불안하고 불편할 때 그렇다. 이렇게 자연은 나의 내면을 비추는 거울이 되기도 한다. 따뜻하게 호의를 베푼 햇살에 짜증을 내도 나를 나무라는 법이 없다. 그 너그러움에 결국 나는 스스로 반성하고 불안한 마음을 달래게 된다.

프랑스의 사상가 루소는 말년에 생피에르 섬에서 자연을 벗삼아 지내며 몽상을 즐겼다고 한다. 그는 자연 속에서 끊임없이 자아성찰을 한 결과 자아회복, 나아가 자아향유에 이르렀다. 자기 자신만으로 충분하고 충만해 행복을 느끼는 경지에 다다랐다. 세간의 오해, 핍박으로 고립된 채 죽지 않고 버티기 위한 합리화였을지도 모르겠다. 합리화일지라도 이렇게 근사한 결론에 도달했다니, 자신을 위로하는 방법을 제대로 아는 사람이었다는 생각이 든다.

자연이 좋다. 언제나 변함없이 나와 함께해주니 든든하다. 눈을 뜨면 보이고, 귀 기울이면 들린다. 바라는 것 없이 나에게 긍정의 기운과 위로를 건네니 좋다. 재촉하는 것 없이 명상하고 생각할 시간을 내어주니 좋다. 말 걸면 언제나 대답해준다. 혼자여도 외로워 말라며 위로해 준다.

내가 자연의 일부라 그런 걸까, 마음을 여는 만큼 안락함을 느낀다. 내가 자연의 일부라 다행이다. 힘들어도 자연이 주는 위로 덕분에 버티며 살 만한 인생이다. 자연 속에서 끊임없이 위로받고 생각하다 보면 언젠가 나도 자아향유의 경지에 이르게 될지도 모를 일이다.

바쁘다, 바빠!
슬픔은 잠시 묻어두는 거야

바쁜 일상에 지치고, 반복되는 나날이 지겹게 느껴질 때가 많다. 좋아하는 일도 매일 바쁘게 해야 한다면, 흥미가 떨어지고 쉬고 싶다는 생각이 들 것이다.

학창 시절에는 방학이 좋았다. 직장생활 할 때는 주말과 휴가만 기다리며 버텼다. 전업주부가 되고 나서는 두 아이가 학교 간 시간이 휴식시간처럼 느껴졌다. 그 시간 동안에는 평소보다 여유가 있기 때문이었다. 시간적인 여유가 있으면 취미생활을 할 수 있다. 친구를 만나 회포를 풀기도 한다. 평소 가고 싶었던 곳을 갈 수 있다. 원하는 만큼 잘 수 있다. 마음에 여유가 생긴다.

바쁜 와중에 휴가를 내는 이유도 재충전할 여유가 필요하기 때문이다. 학생들이 방학 중에 여유롭지 못한 것이 현실이지만, 학사 일정 중에 방학이 포함되어 있는 것도 같은 이유에서일 것이다. 그럼에도 불구하고, 직장인은 직장생활이 힘들어도 쉽게 그만두지 못한다. 학교 다니기 힘들다고 당장 학교를 그만두는 학생도 많지 않다. 한가한 것보다 바쁜 것에 익숙한 현대인들에게 기한이 정해지지 않은 휴식은 커다란 불안감을 주는 것 같다. 바쁘지 않으면 불안해하며 어쩔 수 없이 바쁘게 살고 있다.

하지만 때로는 이렇게 정신없이 바쁜 것이 도움이 될 때가 있다. 바쁜 일상이 불필요한 걱정이나 고민할 시간을 허락하지 않는다. 눈, 코 뜰 새 없이 바빴던 하루가, 의지대로 잊어지지 않는 슬픔을 잊게 해준다. 슬픔을 느끼거나 생각할 여유를 주지 않기 때문이다.

힘들거나 걱정되는 일이 있을 때, 아무것도 하고 싶지 않았다. 아무도 만나고 싶지 않기도 했다. 입맛도 떨어졌다. 다 잊고 차라리 자고 싶어도 마음처럼 잠이 오지 않았다. 걱정, 슬픔, 불안 등 부정적인 감정은 모든 의욕을 떨어뜨리는지 생각 말고는 아무것도 할 수가 없었다. 고요한 집에서 아무것도 하지 않고 가만히 있으면, 일어나지 않은 일이 걱정되기 시작했다. 이미 지나간 일을 쓸데없이 곱씹었다. 부정적인 생각이 꼬리에 꼬리를 물었다. 의지나 의욕이 없이 부정적인 생각만 머릿속에 끝없이 생겼다.

억지로 밖에 나가 산책을 하거나 사람을 만나면 그때는 샘솟던 부정적인 생각이 멈췄다. 산책하거나 등산하며 다리를 바쁘게 움직였다. 사람을 만나 입을 바쁘게 움직였다. 바쁜 순간에는 하고 싶지 않은 생각이 나지 않았다.

이별의 아픔은 새로운 사람으로 잊으라는 말을 많이 하지만, 그보다 바쁘게 지내는 것이 이별 후유증 극복에 더 효과적이었다. 사람마다 이별 후의 아픔을 극복하는 나름의 방법이 있겠지만, 나는 다른 것보다 바쁜 일상이 실연의 아픔을 극복하는데 도움이 되었다.

직장생활 할 때는 은행 일이 적성에 맞지 않아 힘들었으면서도, 하루 종일 업무 외에 다른 생각이 나지 않아 좋았다. 아무것도 하지 않고 가만히 있을 때보다 시간이 금방 흘렀다. 바쁜 만큼 빠르게 시간이 지나면서, 아픔도 차차 무뎌지고 나중에는 잊혀졌다.

전업주부가 된 이후로 나는 두 아이에게 집중했다. 나보다 아이가 먼저, 아이들 생각뿐이었다. 두 아이가 클수록 아이로 인한 걱정과 고민이 커졌다. 처음에는 아무것도 할 수 없었다. 걱정하고 속상해할 뿐이었다. 걱정은 또 다른 걱정을 낳았다. 걱정하는 시간과 해결 속도가 비례하면 좋겠지만 그렇지 않았다. 오히려 걱정의 시간은 불필요한 걱정을 더 만들 뿐이었다.

지난 몇 년간 자격증 취득, 운동, 글쓰기 등 자기계발의 대상을 찾아 쉬지 않고 바쁘게 움직였던 건, 걱정이나 불안 등 부정적인 감정을 없애기 위해서였다. 실제로 나는 바쁘게 움직인 만큼 몇 년간 붙잡고 있던 부정적인 감정을 떨쳐버리고 긍정적인 사람에 가까워졌다. 좋은 일만 있기를 원했던 내가 힘든 일이 생겨도 나름의 이유가 있을 거라 생각하고 인정할 수 있게 되었다. 인정한 다음에는 그냥 시간에 맡겨 흘려보내 버리면 그만이었다.

남편이 세상을 떠난 후 나는 이전과 다를 바 없는 일상을 보냈다. 슬픔에 취해 무기력하게 아무것도 하지 않고 울고만 있을 수 없는 노릇이었다. 나는 엄마이기 때문이다.

코로나 이후에 두 아이가 등교하지 않고 온라인 수업하던 작년에도 나는 바쁜 일상을 보냈다. 수학 과외를 하러 다녔다. 과외 가기 전에 두 아이 아침, 점심을 챙기고, 다녀오면 저녁을 챙겼다. 청소하고 나면 깜깜한 밤이 되었다. 노트북을 열어 글을 썼다. 틈틈이 두 아이 데리고 운동 삼아 산에 가거나 공원에 갔다. 특별한 일을 하지 않았어도 아침에 일어나 밤에 잠들기 전까지 쉴 새 없이 바빴다.

바쁜 덕분에 사별한 슬픔을 묻어둘 수 있었다. 슬픔은 바쁜 와중 잠시 스치듯 왔다 갔다. 아무것도 하지 않고 가만히 있었다면 슬픔의 늪에 빠져 헤어 나오지 못했을 것이다. 그랬다면 아이도 나도 엉망이 되지 않았을까 생각한다. 충격적인 슬픔을 마주한 후, 영원히 슬픈 시간 속에 갇힐 것 같았다. 하지만 매일 정신없이 바쁘게 살다 보니 시간이 빠르게 흘렀다.

무념무상(無念無想), 아무런 생각을 하지 않는 상태로, 불교 용어로 무아(無我) 즉 자신을 잊는 경지에 이르러 일체의 생각에서 벗어난 상태를 말한다. 아무도 없는 깊은 산 속에서 수행의 결과로 이를 수 있는 경지인 것 같지만, 오히려 정신없이 바쁜 일상이 나를 무념무상에 이르게 했다. 바쁜 일상에 감사했다.

"고맙다 바쁜 나의 오늘아."

시련이나 그로 인한 아픔, 걱정에 질 필요 없다. 그것들에 패해 움츠러들고 무기력해질 필요 없다는 말이다. 오히려 맞서 더 바쁘게 매일을 살면 고개 들어 덤비던 그것들이 무안해져 이내 소멸할 것이다.

Part 5.

완벽한 이별은 조금 천천히

당신을 생각해 버리는 버릇

같은 세상 안에서 우리의 시간이 함께 흐를 때, 언젠가부터 나는 당신을 생각할 일이 없었어. 굳이 생각하지 않아도 곁에서 늘 함께인 내 삶의 일부였으니까.

당신이 날 두고 떠난 그 날 당신의 시간이 멈췄어. 우리의 시간도 더 이상 흐르지 않았어. 이제 다른 세상에 있는 우리는 함께이면서도 떨어져 있어.

당신이 떠나고 나서 얼마 안 지났을 때는, 일부러 당신 생각을 피했어. 피한다고 피해지는 건 아니었지만 최선을 다해서 외면했어. 자꾸만 내 생각에, 내 꿈에 나타나는 당신 눈을 피했어. 생각나는 것만으로도 너무 아파서 그랬어. 남겨진 내 마음도 생각해 줘야지.

괜찮은 것 같다가, 그냥 살아지다가도 당신 생각이 나면 숨이 막히고 가슴이 뜨겁고 아파서 그랬어. 나를 두고 떠났으면서 왜 자꾸만 생각나게 한 거야? 그때는 당신이 원망스럽더라. 나를 떠난 것도 모자라 자꾸만 생각하게 하니까, 나를 아프게 하니까.

당신과 나의 시간은 멈췄는데, 세상의 시간은 여전히 흐르고 있어. 당신이 떠난 후, 어느새 이곳에서의 시간은 일 년을 훌쩍 넘었어. 멈추지 않고 계속 흐르면서, 내 마음도 챙겨 덩달아 흐르게 해줬어. 그때, 그날에 멈춰있지 않고 계속 흘러서 다른 마음이 흘러오도록 해줬어. 내 마음 아프게 방치해 두지 않은 시간에게 고마워. 아파하면서 원망하는 마음은 조금만 남겨 두고 다 데리고 갔어. 이제는 당신과의 이별을 인정하는 마음이 내게 왔어. 그 시간에 갇혀서 절대 벗어나지 못할 줄 알았는데, 여전히 이곳에 있는 나는 시간을 따라 흘러갈 수밖에 없었나 봐.

하늘이 유난히 예쁜 날 있잖아. 유난히 맑고 파랗거나, 다홍빛 노을 지는 하늘이 유독 아름다운 날에 당신 생각을 해. 버릇이 되어 버린 것 같아. 하늘이 예쁜 날에 당신을 생각해 버리는 버릇 말이야.

생각 속에 나타난 당신과 눈을 맞추는 게 두려울 만큼 아팠는데, 이제는 당신을 바라볼 수 있는 것 같아. 나 잘하고 있지? 아프기는 하지만 그래도 하늘이 예쁠 때마다 당신을 생각할 수 있어서 좋아.

여전히 나는 당신과 이별 중이야. 완벽한 이별은 조금 천천히 해도, 괜찮은 거지?

내가 지킬게.
당신이 사랑한 모든 것

돌이켜 생각해 보면 말이야, 당신은 평온을 사랑했던 것 같아. 처음 당신을 소개받던 날, 나 속으로 많이 놀랐거든. 당신이 많이 겸손해서 말이야. 내가 겪어온 바로는 많은 사람들은 자기가 가진 것보다 더 드러내고 싶어 했고, 자신을 낮추는 걸 진다고 생각했어. 나도 그렇게 사는 것이 잘 사는 거라 쓰라린 경험을 통해 알게 되었던 그 시절, 자신을 낮추고 가진 것을 티내지 않던 그 모습이 처음에는 충격으로 다가왔어. 낯설지만 좋은 느낌의 충격이었지. 그 모습이 낯설어 첫눈에 사랑에 빠지지는 않았지만, 서서히 내 마음에 스며들어 당신을 사랑하게 되었던 것 같아. 천천히 시간이 갈수록 더 사랑하고 존경하게 되었어.

당신은 내가 처음 봤을 때 느낀 그대로였어. 주어진 것에 감사하고 만족하며 욕심내지 않았지. 어떨 때는 그 모습이 조금 답답하게 느껴졌던 적이 있어. 욕심내지 않고 가만히 있는 모습이 게으름으로 비춰질 때가 있었거든. 조금 더 욕심내면 더 잘 할 수 있을 텐데, 왜 욕심내지 않는지 답답했지만, 당신의 확고한 고집을 꺾을 생각은 하지 않았어. 당신을 믿고 존경했기 때문인 것 같아. 지금 와서 생각해 보니, 당신은 다른 데는 욕심내지 않았는데 마음의 평온은 놓고 싶지 않았던 것 같아.

타고난 본성이 평온하고 착한 당신이 치열한 이 세상에서 꿋꿋이 욕심내지 않고 살기가 얼마나 고단했을까 하는 생각이 들어. 평온을 사랑하는 사람이 어쩔 수 없이 경쟁해야 했고, 타인에게 착한 사람이다 보니 정작 자신에게는 착할 수 없었을 거야. 다른 사람에게 맞추느라 자신의 마음은 뒷전이었겠지. 얼마나 아팠을까.

당신이 공중 보건의를 마치고 대학병원으로 돌아가 진로 고민에 빠졌을 때, 우리 함께 고민했잖아. 그리고 결론 내렸잖아. 지금까지 그래왔던 것처럼 욕심내거나 애쓰지 말고 흘러가는 대로 맡겨 보자고. 흘러가는 대로 맡긴 대로, 그 길로 간 거였잖아. 그 결과로 당신이 아프게 되었고, 이렇게 일찍 떠나게 될 줄 알았다면, 차라리 다른 결정을 하자고 고집부릴 걸 그랬어.

당신이 떠나고 나서 곰곰이 생각해 보니, 당신이 사랑했던 건 평온이었어. 당신뿐 아니라 당신이 사랑하는 사람들, 그리고 그들 사이의 평온까지 원했을 거야.

아들 둘을 치열한 이 세상에서 키우며 내가 욕심냈던 적이 있잖아. 그때 당신은 피하려고 했어. 세상과 경쟁하는 걸 원하지 않는 것 같았어. 나는 그런 당신이 무책임하다고 생각했어. 자식을 위해 고민하고 애쓰는 걸 귀찮아한다고 느꼈기 때문이야. 지금 생각해 보니 내가 오해했던 것 같아. 당신은 당신의 평온을 원했던 것처럼 사랑하는 나와 아이들의 평온도 원했던 거야.

뒤늦게 깨달아서 미안해. 나도 이제 당신이 그랬던 것처럼, 다른 것에는 욕심내지 않게 되었어. 아니 욕심을 비워 내고 있어. 당신이 그렇게 사랑했던 평온을 나도 원하게 되었거든. 마음속 평온이 얼마나 소중한 건지 알려줘서 고마워. 내가 지킬게. 당신이 사랑한 평온, 당신이 사랑한 나와 두 아이의 평온을.

숨 닿는 거리

이제는 무뎌졌어. 아팠던 가슴이 조금은 괜찮아진 것 같아. 아픈 감정이 옅어지고 있어.

처음에는 생각보다 금방 괜찮은 것 같았어. 나만의 위로법을 찾아서 나 자신을 위로했어. 나는 현명한 사람인가 보다 생각했어. 내가 연약한 줄 알았는데, 강한 사람이구나 생각했어.

나를 걱정하는 사람들에게 난 괜찮다고 걱정 말라고 했었어. 정말로 나는 괜찮았거든. 괜찮다고 생각했었어. 나를 붙잡고 힘들다 털어 놓는 사람들을 위로했어. 당신과의 사별은 이미 내 인생에 일어나 버린 일이기 때문에, 내 현재와 미래를 위해 잊어야 한다고 생각했어. 마음먹으니 과거의 일은 잊을 수 있는 것 같았어. 그래서 나는 괜찮았어. 나는 아프지 않기 때문에 다른 사람들의 아픔을 위로해 줄 수 있었어.

최면을 걸었던 건가 봐. 살고 싶어서, 남은 내 삶을 제대로 살고 싶어서, 당신과 영원히 이별한 일 따위, 이미 지난 과거 담아둘 필요 없다고 생각했어. 잊어버리겠다고 마음먹었어.

그런데 있잖아, 금방 잊는다는 게 말처럼 그렇게 쉬운 일은 아니었나 봐.

제대로 이별했을 리가 없잖아. 당신이 숨 닿는 거리에 있는데, 숨 쉬면 바로 닿아버리는 마음속에 있는데. 숨을 쉬어도, 쉬지 않아도 내 안에 당신이 남아 있는데, 당신만큼 커다란 슬픔이 숨 닿는 거리에 있는데 말이야. 아직은 제대로 이별한 게 아니었나 봐. 숨 닿는 거리에 당신이 있다니, 당신과 헤어지지 못했나 봐.

그래도 당신과의 이별을 통해 스스로 내 마음 달랠 수 있는 나만의 위로법을 찾았어. 산다는 게 상처받을 일투성이잖아. 마음 아플 일이 많잖아. 내가 피할 수 없이 일어나는 일이 더 많지만 욕심내지 않으면 덜 상처받을 수 있다는 걸 알게 되었어. 상처받은 마음은 스스로 위로하며 무너지지 않을 수 있게 되었어.

당신과 헤어진 후 나 많이 강해졌지? 전에는 당신에게 의지하는 것밖에 못했던 내가 말이야.

죽음이 당신과 나를 영영 갈라놨지만 덕분에 내가 제대로 어른이 되어 가고 있는 것 같아. 이별 후에 아파하고 발버둥 친 만큼 단단해졌어.

그래서 시간이 조금 더 걸리더라도 나 할 수 있을 것 같아. 당신과 완벽한 이별을 할 수 있을 것 같아.

긍정, 내 마음
그대로 인정

"나는 괜찮아요. 정말이에요. 난 행복한데. 진짜인데."

"그런데 왜 힘이 들어요?"

"그러게 말이에요. 평소 아무렇지 않게 수용 가능하던 것들이 견디기 힘들어요. 다른 사람 힘든 이야기를 들어주는 게 힘들어요."

"왜 힘이 들어요?"

"지쳐서 그런 걸까요?"

"본인의 마음을 제대로 바라본 거 맞아요? 잘 한번 생각해 봐요."

오늘 누군가에게 솔직히 털어놨어. 요즘 들어 자꾸 힘들었거든. 나는 분명히 괜찮은데, 행복한데, 왜 삶이 버겁게 느껴지는 건지 잘 모르겠더라고.

답답한 마음에 혼자 산에 가서 계속 걸었어. 걷는데 자꾸 눈물이 나는 거야. 내가 우는 이유도 모르겠는데 눈물이 났어. 답답하더라고. 도대체 내가 왜 이렇게 힘든 건지. 눈물이 왜 나는 건지도 모르게 계속 눈물이 나니까 당황스러웠어.

그래서 솔직하게 털어놨어. 나는 분명 괜찮은데, 진심인데 그래서 다른 사람들의 이야기를 들어주는 걸 기꺼이 해줄 수 있었는데, 요즘에 문득 힘들었다고. 나를 붙잡고 본인의 힘든 이야기를 자꾸만 털어놓는 사람들을 감당할 수 없었다고.

그랬더니 내 마음을 내가 잘 모르고 있는 거래. 잘 생각해 보라고 했어.

가만히 생각해 봤거든. 내가 괜찮은 게 아닌가 봐. 정말 내가 괜찮은 줄 알았는데 괜찮은 게 아니었나 봐. 행복하지만 행복하지 않기도 한가 봐. 한 번도 인정한 적이 없었던 것 같아.

그래, 맞아. 내가 제일 힘든 건 맞잖아. 사실이잖아.

나를 붙잡고 힘들다 하는 사람들이, 졸지에 홀로 되어 두 아들 키워야 하는 나만큼 힘들까? 당신은 어떻게 생각해?

내가 제일 불쌍해. 내가 제일 아파. 내가, 이 세상에서 내가 최고로 힘든 거 맞잖아.

갑자기 이렇게 일찍 떠난 당신이 안타깝고 안쓰럽지만, 당신은 이제 감당해야 할 짐은 없이 편히 쉬고 있잖아. 함께 감당했으면 조금은 덜 힘들었을지도 모르는 삶의 무게가 온전히 나 혼자 감당해야 할 몫이 되었으니 내가 더 안타깝고 안쓰러운 거 맞지?

부모님께 불효녀가 된 것만 같아 괴로워. 아픈 손가락이 되어, 자식 생각하며 평생 성실하게 살아온 부모님 가슴에 못 박은 것 같아서 마음이 아파.

당신을 먼저 보낸 것도 내 잘못인 것 같을 때가 많아.

이런 죄책감을 안고 살아가고 있는 나, 많이 힘든 사람인 거 맞잖아.

다른 사람의 인정을 원하는 게 아니야. 내가 내 마음을 인정해야 했어. 오늘만큼은 왠지 내 마음 그대로 인정하고 싶었어.

당신이 떠나고 시간이 훌쩍 지난 후에야 비로소 내 마음을 긍정했어. 긍정은 있는 그대로를 인정하는 일이래.

오늘은 긍정하고 싶었어. 그 누구보다 내가 최고로 힘든 사람이란 걸 말이야.

2021년 5월 22일

남겨진 당신의 아내

수정이가

급할 게 뭐 있어

뭐든 빨리 해야 직성이 풀리는 나는 이별 후유증도 빨리 극복해야 하는 사람처럼, 장례를 치르자마자 마법에라도 걸린 사람처럼 금방 멀쩡해졌어. 가족들은 내가 빨리 마음 추스르고 씩씩하게 잘 지내서 안심된다고 했어. 나도 내가 금방 이별 후유증을 극복해서 다행이라 생각하고 살았어.

그런데 얼마 전에, 무의식 속에 있는 내가 아니라고 했어. 제대로 이별하고 잘 살고 있는 게 아니라, 여전히 이별 중이라고 했어. 그때에야 비로소 알았어. 내 마음 제대로 보는 게 겁나서, 아직도 당신과 이별하지 못한 나를 인정하기 싫어서 의식은 거짓말을 했나 봐.

뭐가 그렇게 겁났냐고? 글쎄. 아직도 당신과 헤어지지 못했다는 걸 깨달으면 잘 버텨온 내가 무너져 내 삶이 엉망이 될까 겁이 났던 건가. 아직까지도 힘들어 하는 모습이 다른 사람들에게 연민을 사게 될까 봐 겁이 났던 걸까? 아니면, 죽은 남편과 제대로 이별해 본 적이 없어서, 어떤 일이 벌어지게 될지 모르니 그게 두려웠던 걸까.

무의식이 말해줘 알게 되고 나니 내 마음 그대로 인정하게 되었어.

나는 당신과 헤어져서 힘들어. 여전히 아파. 별안간에 반쪽이 되어 버린 사람, 남겨진 사람, 그게 나야. 얼마나 안쓰러워. 내가 힘들다는 걸 인정했어. 제대로 내 마음을 알게 되었어.

이제는 급한 대로, 의식적으로 하는 이별이 아닌 제대로 이별을 할 생각이야.

난 늘 너무 급해서, 나를 앞서가는 시간을 자꾸 이기려 들었잖아. 조바심 내며 급하게 시간을 쫓으면 결국에는 앞설 수 있을 줄 알았는데, 그저 욕심일 뿐이라는 걸 알았어. 안간힘을 써도 이길 수 없는 시간과의 시합을 이제 하지 않으려고 해.

급할 게 뭐 있어, 오래 걸리더라도, 해 볼게. 무의식도 괜찮다고, 이제는 정말 괜찮다고 말할 때까지, 시간에 맡겨 볼게.

낯설어도 괜찮아

있잖아, 사실 모든 게 너무 낯설었어. 영화에서나 일어날 법한 일이 현실로 일어났잖아. 당신이 죽었다는 전화를 받은 것, 이미 이 세상 사람이 아닌 당신을 마주한 것, 당신이 망자가 되고 내가 상주가 된 것, 가루가 되어 버린 당신을 내 눈으로 확인해야 했던 것, 그렇게 내가 과부가 된 것, 사별 후에 아파해야 했던 것, 억지로라도 괜찮아야 했던 것, 모두 처음이었잖아. 처음인데다가 상상할 수도 없는 일들이 갑자기 일어났잖아. 그래서 많이 낯설었어.

변화를 싫어하고 익숙한 것에만 안정감을 느끼던 나였잖아. 그런 내가 낯선 일을 겪고 낯선 감정을 느껴야 했어. 당황스러워서, 원래의 내 모습을 숨기고 더 강한 척 힘을 냈나 봐. '슈퍼우먼'이라도 된 것처럼 마음이 괴력을 내서 낯선 시간을 보내왔나 봐.

지금에라도 낯선 일 앞에 발휘된, 나의 한계를 넘어선 힘을 빼게 돼서 다행이야. 내 마음도 제대로 못 보고 계속 괴력을 썼다면, 얼마 안 가 힘을 잃고 지쳤을 테니 말이야.

힘을 빼고 천천히 생각해보니까, 모든 일은 다 처음이었더라고.

처음이 아니었던 적은 없잖아. 모든 건 다 처음이었어.

내가 이 세상에 태어난 것부터 엄마 아빠의 딸이 된 것, 당신의 아내가 된 것, 두 아이의 엄마가 된 것, 모든 게 처음 겪는 일이었어.

처음에는 다 낯설었어. 그래서 처음에는 겁내고 두려워했지만, 시간이 지나면서 자연스레 적응해서 잘 살아왔더라고.

당신의 죽음으로 인한 낯선 이별도 처음 겪는 일이지만, 그래서 겁내고 두려워했지만, 세월이 지나면 자연스레 적응해서 남겨진 사람으로서의 삶도 잘 살아갈 수 있을 것 같다는 생각을 했어.

내가 잘 적응할 수 있도록 잘 지켜봐 줄 거지?

추억에 기대어 조금만 쉬어 갈게, 완벽한 이별로

어쩌다 당신 생각이 나면, 많이 아팠어. 아프니까 원망했어. 당신을 미워했어. 아파하고 미워하는 것밖에 할 수 있는 게 없다고 생각했으니까. 내 마음을 마주보기 전까지 나는 그랬어.

요즘엔 말이야, 당신 생각이 나면 추억이 떠올라. 당신이 아프기 전에, 우리 많이 행복했잖아. 저녁 먹고 둘이 같이 팩 붙이고 누워서 꼭 껴안고 있다가 수다 떨곤 했잖아. 좋아하는 음식도, 좋아하는 TV프로그램도 어쩜 이렇게 비슷하냐며 우리는 쿵짝이 잘 맞는다고 좋아하고 그랬었잖아. 어떨 때는 햄버거에 꽂혀서 둘이 주야장천 먹고 배 두드리다가, 도저히 안 되겠다면서 같이 운동하고 그랬잖아. 내가 새로 산 옷 입고 어떠냐고 물으면, 러블리하다며 엄지를 올려줬잖아. 하나도 러블리하지 않은 나인데도 말이야.

당신은 밖에서 힘들었을 테지만 집에 오면 티내지 않았고, 나도 집에서 독박육아하느라 힘들었지만, 당신 바가지 긁지 않고 당연하게 받아들였잖아. 그래서 우리 서로 더 애틋하고 서로를 응원했었잖아. 당신이 직장을 옮기고 힘들어도 여전히 말하지 않는 모습에 힘들면 나한테라도 털어놔 달라고, 누가 들어주는 것만으로도 힘이 될 테니 나에게는 말해달라고 했더니 당신이 그렇게 해줬잖아. 몇 년 전에 서로 많이 지치고 힘들었을 때는 미처 깨닫지 못했지만, 익숙해서 잊었던 건지도 모르겠지만, 우리 서로 곁에 함께 있는 것만으로도 많이 행복했잖아.

당신과 행복했던 추억이 떠올라서 미소 짓게 돼. 가끔 눈물이 나기도 하는데 아프진 않은 것 같아. 추억에 기대어 조금만 쉬어 갈게. 급하게 서두르지 않고 완벽한 이별로 가기 전에 조금만, 천천히 쉬어 갈게.

Part 6.

오늘부터 1일

당신이 불어오는 계절에 웃는 나로 설 수 있도록

이 세상에서의 마지막 생일이 되어 버린 재작년 남편 생일에 좋은 구두를 선물했더니 마음에 든다고 좋아했다. 아낀다고 중요한 날에만 꺼내서 신고 그랬다. 아끼지 말고 매일 신으라고 했는데도 말 안 듣더니 몇 번 신지도 못하고 떠나버렸다. 마지막 생일 선물은 아직도 새 신발같이 깨끗하게 신발장 속 그 자리에 그대로 놓여 있다.

작년 남편 생일날에는 남편을 보러 가지 못했다. 며칠이 지난 후에 겨우 용기를 내 잠시 만나러 다녀왔다. 늦게라도 가서 생일 축하한다는 말을 해줘야 서운해하지 않을 것 같았다. 내가 여리고 마음이 약한 줄로만 알았는데, 냉정한 구석이 있다는 걸 깨달았다. 어머님은 매일 남편을 그리워하며 남편을 만나러 자주 가시는데, 나는 남편을 만나러 가지 않았다. 보고 싶어도 보고 싶지 않다고 부정했다. 그리워도 그립지 않다고 생각했다. 평소 잘 실감 나지 않는 남편의 부재가 추모공원에 가면 선명히 다가오기에 가기가 싫었다. 남편을 붙잡고 있기에는 내 삶이 중요했다. 이기적이라고 자책하게 되어도 어쩔 수 없었다. 이기적이지 않으면 내가 살 수가 없었다.

작년 생일날에 가지 못한 것이 서운했는지 올해 생일에는 며칠 전부터 남편이 자꾸만 꿈에 나왔다. 생일날, 케익과 꽃다발을 사서 남편의 생일을 축하해 주러 갔다. 해 질 녘 도착한 그곳은, 은은하게 붉은 빛으로 물들고 있었다. 적당한 슬픔과 적당한 낭만이 느껴지는 광경이었다. 일 년이라는 시간이 지났다고, 아픔이 무뎌지긴 한 것 같았다.

"생일 축하합니다. 생일 축하합니다. 사랑하는……"

비교적 덤덤한 하루를 보내던 중이었다. 생일 축하 노래를 불러주다가 갑자기 울컥했다. 목이 메이고 눈물이 나서 더 이상 노래를 부를 수 없었다. 둘째 아이가 큰 목소리로 노래를 마쳤다. 노래 부르기를 좋아하는 아이여서 다행이라 생각했다. 짧고 진부한 생일 축하 노래에도 심취해 옆에서 내가 훌쩍이는 걸 눈치채지 못한 것 같았다. 큰 아이는 딴청을 부리고 있었다. 또렷해진 그리움을 감추려 일부러 딴짓을 하는 것 같았다. 그날따라 유난히 붉은 빛을 띠며 서쪽 하늘 아래로 지고 있는 햇살이 따뜻한 위로를 주는 것 같았다.

남편이 떠나고 일 년 반이라는 시간이 지났다. 그동안 여러 단계의 치유 과정을 거쳐 왔다. 죽음 자체를 인정하지 못했다가, 인정했다. 바쁜 일상을 핑계 삼아 아픈 마음을 가렸다. 아픔이 몰려오는 순간에는 아파했다. 그 아픔이 내 몫이라 여겼다. 아픔이 오는 횟수가 점차 줄었다. 그리고 그 아픔의 강도도 점차 약해졌다. 나만의 위로 방법을 찾아, 사별로 상처받은 내 마음을 위로했다. 스스로 위로하며 괜찮아졌다. 아픔을 생각보다 금방 극복했다고 생각했다. 내가 남편을 덜 사랑해서 금방 회복한 걸까 하는 생각에 미안한 마음이 들기도 했다.

사별 후 일 년 반이 넘은 이제서야 내 마음을 제대로 봤다. 남편의 죽음은 인정했지만, 상처 난 내 마음은 인정하지 못하고 있었다. 아픈 게 싫어서, 바쁜 일상에 상처를 가리고 스스로 위로했다. 상처를 제대로 치유하지 못하고 있었다. 마음속 상처를 제대로 본 건 불과 며칠 전의 일이다.

시간은 정말 약이었다. 시간이 지나면 어떤 아픔도 결국 무뎌진다는 걸 알았다. 내가 경험한 바로는 이별로 인한 아픔에는 시간이 가장 좋은 약이었다.

남편과의 사별은 이따금 죽는 게 낫겠다는 생각이 들 만큼 나를 아프게 했다. 남편과의 사별, 그로 인한 아픔, 아픔이 치유되는 과정이 모두 처음이었기 때문에 얼마 만큼의 시간이 지나야 상처가 회복될지 예측할 수 없었다. 이토록 슬픈 아픔이 회복될까 의심했던 게 사실이다. 기대도 하지 않았다.

하지만 시간이 지나면서 정말로 아픔이 덜해졌다.

아픈 마음을 인정하고 나니 오히려 아프지 않았다. 남편 생각이 나도 아프거나 원망스럽지 않았다.

완벽한 이별로 한 걸음 내디딘 것 같다.

다가오는 3월에는, 남편이 불어오는 그 계절에는 슬퍼하지 않을 수 있을 것 같다. 완벽한 이별을 하고 웃는 나로 남편 앞에 설 수 있을 것 같다.

나는 당신이 아픈 게 싫다

내가 아프면 그가 더 아플 거라는 걸 이제야 알았다. 나는 그가 아픈 게 싫다. 이제 그곳에서는 아프지 않았으면 좋겠다. 고생스럽지도 않았으면 좋겠다.

예전에는 안 그랬던 것 같은데 몸 고생, 마음 고생하면서 면역체계가 무너졌던 건지 언젠가부터 그는 꽃가루 알레르기가 심해졌다. 꽃가루가 닿으면 눈은 충혈 된 채 눈물이 흘렀고 콧물에 재채기가 나서 일상생활이 불가능 할 정도였다. 꽃가루 날리는 계절에 나갈 때는 마스크에 고글까지 끼고 나가야만 했다.

꽃가루 심할 때는 창문 열고 환기도 시킬 수가 없었다. 환기시키면서 들어온 꽃가루가 닿으면 당장 알레르기 반응이 나니까. 추운 겨울을 지나 포근해진 날씨, 예쁜 꽃, 봄 향기를 느낄 수 없는 그를 보면서 안타까웠다.

주말에 어쩌다 집에 있던 날에도 봄에는 함께 나갈 수가 없었다. 나 혼자 애들과 자전거 타러 나가거나 산에 갔다. 당시에 안쓰러운 마음도 있었지만 밉기도 했다. 어쩌다 집에 와서는 날이 이렇게 좋은데 같이 나가 놀지도 못하는 게 속상했다. 날이 좋을 때면 우리 네 식구 같이 놀러 다니던 시절이 그리워서였나 보다.

나는 날이 갈수록 봄이라는 계절이 좋아진다. 이번 봄도 변함없이 예뻤다. 꽃이 예뻐서, 날이 포근해서, 왠지 나른해져서, 그 나른함이 편해서 좋다. 바람에 흐드러지듯 떨어지는 꽃잎에도 슬픔을 느낄 만큼 예뻐서 봄이 좋다. 그 슬픔 안에서 그를 느낄 수 있는 것 같아서, 좋다.

바닥에 소복이 쌓인 연두색 꽃가루를 보니까 남편 생각이 났다. 셀 수도 없이 무수히 많은 꽃가루가 그를 힘들게 했던 이 세상의 무게였고, 남편은 그 무게가 견디기 힘들어 몸이 거부 반응을 일으켰던 게 아닐까 하는 생각을 했다.

생전 그는 적성에 맞지 않는 일을 한다고 괴로워했다. 잘 웃고 장난스럽고 다정하던 남편이 잘 웃지도 않고 무기력해질 수밖에 없었다. 무기력한 모습으로 아무것도 못하고 누워있는 모습을 볼 때면, 안쓰러우면서도 답답했던 게 솔직한 마음이다.

이제와 생각해 보니 얼마나 아팠으면, 얼마나 괴로웠으면 차라리 무기력해질 수밖에 없었을까 하는 생각이 들어서 마음이 아프다. 마음이 아파서 눈물이 나지만, 눈물을 닦아본다. 그리고 다시 안 나오게 참는다. 내가 아프면 그가 더 아파할 테니 말이다.

남겨진 나는 남편을 원망해야 했다. 원망이라도 해야지, 남기고 떠난 그는 남겨진 사람의 마음을 절대 알 수 없을 것이다. 남편이 생각나면 너무 아프니까, 미워했다.

미워하다가 어떤 날에는 이런 생각이 들었다. 떠나던 그 순간에 떠나면서도 그가 남겨진 나를 떠올리며 아팠겠다. 떠나면서도 아팠겠다고 생각하니 더 이상 남편을 원망할 수 없었다.

'이제는 아프지 마. 그곳에서는 이제 안 아픈 거 맞지?'

내가 가보지 못한 길이기에 그저 잘 있겠지 생각하며 사는 수밖에 없다. 무소식이 희소식이라니까, 감감무소식인 남편이 잘 지내고 있다고 생각하려 한다.

남편이 떠나면서 이곳의 아픔과 무게를 나한테 떠넘기고 갔다고 생각했다. 그래서 미워했다. 아팠다. 많이 미워하고 아파하다가 얼마 전에 문득 그런 생각을 했다. 남편이 아픔을 떠넘기고 간 게 아니고 떠안고 간 거였다고. 내가 더 이상 아프지 않기를 바라면서 그가 다 떠안고 간 거라고. 그걸 깨닫고 나니까 이제 아프지 말아야겠다는 생각이 들었다.

이제는 남편과 사별로 인한 아픔, 그가 떠안고 간 내 아픔까지 다 이겨낼 수 있을 것 같다.

"고마워. 우리 이제 아프지 말자."

결국 다시 사랑해야만 해

그를 부정했다. 미워했다. 원망했다. 사랑한 적이 없다고 생각했다. 지우려 했다. 원래 없었던 사람인 것처럼.

일 년이 넘는 방황 끝에 사랑했던 그가 여전히 내 안에 있다고 인정했다. 다시 사랑해야만 정말로 그를 보내줄 수 있다는 걸 알았다.

지난 일 년여의 세월 동안 그를 부정했다. 그의 죽음을 부정했다. 그와 함께였던 나를 부정했다. 원래부터 나는 혼자였던 것처럼.

남겨진 내가 낯설지 않아야 했다. 둘이 하나였던 기억을 부정하니 혼자인 내가 어색하지 않은 것 같았다. 원래부터 나는 혼자였다고 생각했다. 원래 혼자였던 내가 지금도 혼자, 앞으로도 혼자일 것이므로 나는 괜찮았다. 괜찮아야 했다.

미웠다. 그래서 원망했다. 있었던 일을 부정하게 하는 그가 미웠다. 하나가 되기로 약속해 놓고 나를 내팽개쳐 버린 그가 원망스러웠다. 혼자이고, 혼자일 것임을 낯설어하지 않아야 하는 나로 만든 그가 싫었다.

미웠다, 원망스러웠다, 싫었다. 그리고 사랑하지 않았다. 사랑하지 않았다고, 사랑하지 않는다고 생각했다. 사랑하는 사람에게 버려지는 일은 수치스러운 일이었다. 그래서 나는 사랑하지 않았고, 사랑하지 않는다고 생각해야 했다. 남겨진 나의 자존심이었다.

함께한 기억이 있었다. 감정이 있었다. 생각이 있었다. 시간이 있었다. 함께였던, 우리가 하나였던 많은 것들이 있었다.

모조리 지우려 했다. 원래 없었던 것처럼, 함께한 날들이 처음부터 없었던 것처럼 지우고 싶었다. 남겨진 내가 지우지 않고서는 살아가기 버거웠다.

박박 문질러도, 줄을 그어도, 씻어내도, 부정해도 지워지지 않았다. 지워지지 않는 그것들은 내게 지워진 짐이었다. 짊어지고 감당해야 할 아픔이었다.

'아니야.' 어느 날, 내 마음이 아니라고 했다. 부정한다고 부정할 수 있는 게 아니라고 했다. 미워하는 게 아니라고, 사랑하지 않는 것이 아니라고 했다. 지워야 하는 것이 아니라고 했다. 지워진 짐이 아니라고 했다.

마음이 시키는 대로 했다. 그의 죽음, 그리고 그와 함께였던 나를 인정했다.

그는 어쩔 수 없는 그의 운명으로 떠난 것일 뿐, 그와 함께였던 나는 존재했다.

나는 그를 미워하는 게 아니었다. 미워하려고 노력했지만, 사랑하지 않으려고 애를 썼지만, 미워하지도 사랑하지 않을 수도 없었다. 미워하기엔 그에게 받은 사랑이 넘치게 많았다. 받았던 사랑이 내 안에 쌓인 채여서 사랑하지 않을 수 없었다.

그와 하나였던 나를 지우려 한다고 지워지는 게 아니었다. 내 안에 각인된 그와의 모든 것들은 지운다고 없어질 흔적이 아니었다. 지워버려야 하는 흉한 흉터가 아니었다. 그래, 불 주사 자국 같은 것이었다. 흔적이 남았다 해도 흉하지 않은 것, 아프지 않을 그런 것이었다. 언젠가는 아프지 않게 될 것이었다.

내 마음을 긍정했다. 그의 죽음, 나의 아픔을 인정했다. 사랑했던 그는 여전히 내 안에 있다고 인정했다. 그리고 결국 다시 그를 사랑하기로 했다.

아파도 아프지 않을 수 있을 것 같다. 그래서 지우지 않아도 될 것 같다. 흔적은 남겠지만, 아프지 않게 될 것이기 때문이다.

그와 함께였던 내가 있다. 함께인 내가 있다. 그래서 지금의 내가 있다. 사랑을 받아 사랑을 품은 내가 있다.

이제는 괜한 자존심 세우지 않고 사랑했었다고, 사랑받아 행복했다고 말해줄 수 있을 것 같다.

그리고 이제는 정말 그를 보내줄 수 있을 것 같다.

당신이 나에게
가르쳐 준 모든 것

매일 나와 산책하는 반려견 초코가 어느 날 걷다가 멈춰 서서 가만히 나를 올려다봤다.

"안아 줄까?"

초코를 안아줬다. 그날 이후로 초코는'안아줄까? 라는 말을 배웠다.

그 말을 알게 되더니 조금 걷고는 멈춰 서서, 내 입에서 그 말이 나올 때까지 나를 가만히 올려다봤다. 그 말을 배우기 전에는 걷다가 멈춰 안길 생각은 하지 못하더니 말이다. 힘들 때 멈춰 서서 올려다보면, 내가 '안아 줄까'라고 말하며 안아 준다는 걸 경험을 통해 배웠다.

어느 철학자가 불안을 한 번도 느껴보지 못한 사람은 처음 느낀 불안에 빠져 절망하지만, 올바르게 불안을 배운 사람은 그렇지 않다고 하지 않았던가. 나 역시 살면서 실패도, 시련도, 아픔도 경험하면서 이겨내는 방법을 배웠다.

처음 연인과 이별했을 때 이별의 아픔을 어찌할 줄 모르고 절망했다. 몇 번의 이별을 경험한 후에는, 그 아픔을 어떻게 다스려야 하는지 알게 되어 처음보다는 덜 아플 수 있었다.

남편과 사별은 처음이었다. 경험해 본 적이 없는 일이었기 때문에 당황하고 절망하는 것이 당연했다. 이별 후에 할 수 있는 건 다 해 본 것 같다. 처음에는 부정하고 외면했다. 그러다가 슬퍼하고 아파했다. 행복가면을 쓰고 행복하기도 했다. 원망했다. 자책했다. 그리워했다.

넘치는 감정 앞에서 할 수 있는 것이 아무것도 없어 괴로워할 뿐이었다. 공허함에 가까운 외로움을 느꼈다. 누구에게나 언젠가는 일어나는 일이지만 생각조차 하기 싫은 죽음, 그리고 그로 인한 이별을 경험하면서 낯선 감정을 배웠다. 처음이라 더 어렵고 힘든 것 같았다.

낯설었던 감정들이 시간이 지나니 익숙해졌다. 편하거나 좋은 감정은 아니었지만 적응되었다. 그 감정들에 적응하니 아파하거나 불편해하지 않게 되었다. 외면하려 애쓸 필요가 없게 되었다.

받아들여졌다. 마음이 받아들였다. 마음이 낯선 감정들에 적응하니 익숙해졌다. 마음이 익숙해지니 감정들이 나태해졌다. 그리고 나태에 젖은 이별 후의 감정들은 나를 흔들지 못할 만큼 힘을 잃었다.

남편과 이별하기 전, 나는 편협한 우물 안에서 그 세상이 전부인줄 알았다. 우물 안에서의 만족, 좌절 따위가 우물 밖 세상에서는 아무것도 아니었다. 아는 만큼 보이는 것이었다. 보이는 만큼 생각하는 것이었다. 딱 그만큼이었다.

남편과 사별 후에 나는 살면서 걱정하고 고민하는 것들이 그렇게까지 걱정하거나 고민할 일은 아니라는 걸 알게 되었다. 죽지 않고 살아 있는 것 자체가 살아갈 이유였다. 다른 건 욕심낼 필요가 없는 것이었다.

남편과의 사별이라는 경험을 통해 모든 만남 끝에는 결국 이별이 있다는 걸 알았다. 남겨진 자의 아픔을 알았다. 익숙하지 않은 경험에 당황하고 방황하며 아픔을 이겨내는 방법을 찾았다. 처음엔 모든 걸 부정하고 외면했지만 당장 나에게 닥친 시련을 보지 않는 건 그저 덮어두는 것일 뿐이란 걸 깨달았다.

더 이상 덮어두지 않았다. 바로 보고 맞섰다. 그리고 담담하게 흘려보냈다. 생각하고 고민한 후에는 마음을 바꿨다. 내 마음이 편한 방향으로 말이다. 생각하거나 고민하지 않고서는 불가능한 일이었다. 생각하는 것이 싫었는데 이제는 생각하는 삶을 살고 싶어졌다. 혼자만의 생각으로 답을 찾기 어려울 때는 타인의 생각을 찾아 읽었다. 글을 썼다. 생각했던 것을 글로 풀었다.

생각을 차곡차곡 쌓았다. 시련이 오면 단단하게 쌓인 생각의 탑에서 꺼내어 어느 정도는 마음을 방어할 수 있게 되었다. 전에는 어떤 일이 생기면 당황하는 것밖에 할 수 있는 것이 없었다. 아무런 생각이 들지 않았다. 생각하는 연습이 전혀 되어있지 않았기 때문이다. 생각하는 게 싫었던 내가 책을 찾아 읽으며 생각하는 삶을 살게 되었다.

남편 덕분에 인생에서 중요한 게 무엇인지 다시 배우고 있다. 다른 사람에게 위로를 전하는 것이 내 삶의 사명이라는 것도 알게 되었다. 생각하고 글 쓰며 사는 것이 내가 바라던 삶이었다는 걸, 남편과의 이별 덕분에 알게 되었다.

안녕, 이제는 정말 안녕

날이 좋았던 어느 날 해 질 녘, 집 근처 산에서 이런저런 생각을 하며 걸었다. 걷는 내내 생각에 잠긴 채였다. 남편이 떠난 후 나는 줄곧 뭔가 할 일을 다 끝내지 않은 것 같은 기분이 들었다. 그게 무얼까 곰곰이 생각했다. 문득 남편에게 작별인사를 하지 않았다는 걸 깨달았다. 남편과 이별 후에 남편에게 고마웠고 미안했고, 사랑했다는 말은 했다. 하지만, 정작 안녕이라는 말은 하지 못했다는 걸, 이별 후 일 년 넘게 지난 이제야 알았다. 제대로 작별 인사를 하지 못해서 여태 제대로 이별하지 못하고 있었나 보다.

"안녕, 이제 정말 안녕."

다짐을 담아 인사를 건넸다. 그와 나, 둘만 들리게 인사했다. 인사가 많이 늦어서였을까, 그래서 감정이 무뎌졌기 때문일까, 이별의 인사임에도 슬프거나 아프지 않았다. 덤덤했다. 끝내지 못했던 일을 마무리한 것 같은 홀가분한 기분도 어렴풋이 느껴졌다.

이제는 정말 안녕할 수 있을 것 같았다. 마음이 평안할 수 있을 것 같았다는 말이다.

인사를 건네고, 벤치에 가만히 앉았다. 노을을 기다리는 중이었다. 이따금씩, 노을 지는 하늘이 유난히 예쁜 날이 있다. 그에게 안녕을 고한 그 날, 노을이 유독 아름다웠다. 눈으로는 아름다움이 들어오는데 마음에 닿을 때는 슬픔이 되는 그런 날이었다.

슬픔은 잠시, 얼마 안 되어 깜깜해졌다. 어둠이 깔리고 빛을 잃은 하늘이 아름답지는 않았지만 그래서 슬프지도 않았다. 고요하고 잔잔했다.

내 마음이 잔잔했다. 아픔이나 슬픔이 일렁이지 않고 잠잠했다.

그렇게 난 남편과 이별했다. 이제는 제대로 이별한 것 같았다.

함께였던 우리가 떨어졌다. 남편은 저 위에 어딘가에, 나는 여전히 이곳에, 각자의 자리에 정착했다. 나는 이곳에 자리 잡은 동안 중심을 잡고 휘청거리지 않기로 다짐했다. 그리고 흔들림 없이 빛을 내보기로 했다.

내가 내는 빛이 그가 있는 저 멀리 어딘가까지 닿아 그가 안심할 수 있도록, 아픔이나 슬픔 따위의 감정에 무너지지 않고 이곳에서 반짝일 것이다. 그가 부르던 내 이름 '수정'처럼 그렇게 말이다.

그래서 오늘부터
1일입니다

첫 만남 이후, 한 달 반의 시간이 흐르고 2007년 1월 잠실의 한 음식점에서 식사를 마친 그가 말했다.

"우리 그럼 오늘부터 1일 할까?"

설렘과 수줍음이 뒤섞여 정확히 어떤 감정인지 모른 채 두근대느라 선뜻 대답하지 못했다. 오래 기다리게 한 것 같아 대답 대신 고개를 끄덕였다. 그렇게 우리는 그날부터 1일이었다. 각자 따로 흐르던 시간이 함께 흐르기 시작했다. 그와 함께하게 된 앞으로의 시간이 기대되었다.

그날 이후로 나는 그에게 기대고 의지하는 삶을 살았다. 혼자서는 생각하는 것조차 어려워할 만큼이었다. 작은 시련이 와도 이겨낼 생각은 못했다. 외면하고 덮어두거나 휘청거리며 그에게 도움을 청할 뿐이었다.

의존적이고 수동적이었으면서, 어느 날부터 나는 욕심내는 것에는 적극적이었다. 욕심내지 않기를 원했던 그에게 기대지 않고 스스로 욕심냈다. 더 가지려 욕심내느라 가진 것에 만족하지 못했다. 시간까지도 욕심내 조급했다. 스스로 불안의 굴레에 가뒀다.

2019년 초겨울, 함께 흐르던 시간이 멈췄다. 그가 나를 두고 먼저 떠났다. 함께하기로 했던 약속을 어기고, 나를 남겨두고 갔다.

남겨진 나의 시간만 여전히 흐르고 있다. 하나였다가 반쪽이 된 채 남겨진 사람의 시간은 인지할 필요를 느끼지 못할 만큼 무의미하게 느껴졌다. 아니, 혼자서 흐르는 시간을 인지하면 아팠기에 느끼지 않으려 의미를 두지 않았다는 게 맞겠다. 일부러 바쁘게 지냈다. 한 시도 쉬지 않고 흘러가는 시간을 아까워하지도 않으면서 정신없이 살았다.

그가 떠난 후, 나는 다시 태어났다. 기대거나 의지할 그가 이제 더 이상 곁에 존재하지 않았다. 온전히 혼자서 감당하고 견뎌내고 이겨내야 했다. 사별로 인한 아픔을 혼자서 이겨내야 했다. 시간의 흐름에만 기대어 지금껏 버텨왔다. 아픔을 이겨내는 나름의 방법을 터득해 왔다. 사별이라는 커다란 시련을 경험하며 아픔을 다스리는 법을 배웠다. 시련에 뒤따르는 아픔을 다스렸다. 경험하여 배웠다.

시련 앞에서 생각하는 것이 싫어 미루고 덮어두는 것이 당연했다. 습관이 되었기 때문이다.

하지만 사별 이후 처음 겪어보는 아픔을 달래려다 보니 생각해야 했다. 고민하고 생각한 끝에, 모든 건 생각하기 나름이라는 답을 찾았다.

생각하는 법을 배웠다. 생각하고 답을 찾는 것이 일상이 되었다. 걸으며 생각하며 답을 찾아나가는 과정이 이제는 삶의 즐거움으로 다가왔다.

욕심내는데 바빴던 내가 이제는 욕심을 비워내느라 바쁘다. 비워내도 자꾸만 재생되니 계속 비워내는 수밖에 없다. 욕심낼수록 가질 수 없는 게 많아진다는 것을 알게 되었기 때문이다. 살아있다는 자체만으로 더 이상 욕심낼 필요가 없다는 걸 알았다. 그의 죽음을 아파하며 비로소 알게 되었다.

바쁘게 흘러가는 시간 속에 내가 살아 있음을 느낀다. 그와 함께가 아닌, 나 혼자인 시간이 인지되어도 더 이상 슬프지 않다. 원망이나 자책, 아픔이나 슬픔 같은 부정적인 감정이 없이, 이제는 자연스럽게 다가온다.

2021년 6월 16일, 오늘부터 다시 1일이다. 나 혼자서 하는 오늘부터 1일이다. 이제는 잘할 수 있을 것 같다.

혼자서 하는 새로운 시작, 내 인생의 2막이 기대가 되는 오늘이다. 남겨진 내가 혼자서 걸어갈 앞으로의 시간이 기대된다.

어느덧, 세 번째 책 마치는 글을 쓰고 있다. 앞선 두 책은 타인에게 위로를 전하고 싶다는 마음으로 썼다면, 이 책은 사별의 상처로 인한 내 마음을 제대로 마주보고 솔직하게 인정하고 스스로 위로하고자 써 내려간 것 같다.

원래 세 번째 책 원고를 쓰기 시작했던 건, 힘들 때 스스로 위로할 수 있는, 내가 찾은 나만의 위로법에 대한 이야기를 풀어내고 싶어서였다.

탈고한 후 고민에 빠졌다. 앞선 두 책에서 짤막하게 언급했던 사별에 대한 이야기를 상세하게 풀어내고, 내 마음을 들여다봐야 제대로 이별할 수 있으리라는 생각이 들었기 때문이다. 그래야 내 마음도 제대로 위로할 수 있을 것 같았다.

고민 끝에 반년 넘게 써온 원고의 방향을 재정비하기로 했다. 고민의 시간은 길었지만, 막상 결심한 후에는 한 달 만에 재정비한 원고의 초고를 마무리할 수 있었다.

이 책을 쓰면서 덮어두느라 급급했던 사별 후의 상처를 제대로 마주 볼 수 있었다. 외면하던 아픔을 그대로 받아들이고 나니 제대로 된 이별을 할 수 있었다. 그러면서 아픔은 덮어두는 것이 아니라 제대로 마주 보고 인정해야 한다는 것을 알게 되었다.

매일 행복하고 즐거운 일만 있다면 얼마나 좋을까? 마음대로 되는 일보다 그렇지 않은 일이 더 많은 것이 인생이라는 걸 살다 보니 알게 되었다. 걱정할 일도, 속상한 일도, 아파할 일도 끝없이 일어난다. 산다는 건 어쩌면 고난의 연속이 아닐까 생각한다. 누구나 저마다의 어려움이 있지만, 연속되는 고난 속 때때로 찾아오는 행복에 위안을 삼고 살아간다.

크기나 깊이가 다양한 행복과 불행이 무수히 반복되는 것이 인생이다. 행복과 즐거움만 있는 세상이라면 그것이 행복인 줄도 모르고 살 것이다. 시련, 아픔이 있기에 행복을 느끼고 반대로 즐겁고 기쁜 순간이 있기에 불행도 느낄 수 있다.

몇 년 전까지만 해도 나는 이런 당연한 이치를 몰랐다. 내 삶 속에 고난이나 아픔이 없기만을 바랐다. 아픈 게 싫어서 시련이 오면 덮어두고 외면하기만 했다.

크고 작은 시련을 경험하면서 이러한 시련이 살아가는 과정에 끝없이 일어날 수밖에 없다는 걸 알게 되었다. 그리고 아파했던 만큼, 시련에 휘둘리지 않는 나만의 방법을 터득해 가고 있다. 슬픔이나 아픔으로 힘들 때 스스로 위로하는 법을 찾기 시작했다. 나의 행복은 내가 마음대로 정할 수 있다는 생각으로 나만의 행복을 찾아 살아가고 있다.

사별이라는 커다란 아픔, 그리고 여러 과정을 통해 결국 아픔을 받아들이고 살아가는 나의 이야기가 읽기 힘들었을 수도 있는데, 끝까지 읽어준 독자에게 감사한 마음이다.

나의 아픔을 위로하고자 쓴 이 책이 누군가의 아픈 마음에도 위로가 될 수 있다면 더할 나위 없이 좋겠다. 이 글이 아픈 마음에 닿아 당장 괴로운 통증을 덜어준 진통제라도 되었기를 바라본다.

나의 상처, 아픔, 치유, 극복, 성장 등의 과정을 담은 이 글이 모든 사람의 마음에 닿을 수는 없었을 것이다. 내가 전한 이야기가 더 깊은 아픔을 알지도 못하면서 떠들어대는 철없는 어린이의 수다처럼 들리는 사람도 있었을 것이다. 나조차도 위로를 담은 글이나 자기 위로법에 대한 이야기가 내 속도 모르고 하는 이야기로 들렸던 경험이 있다.

그럼에도, 이 책 속 한 구절이라도 마음속 상처에 닿아 위로가 되고 아픔을 덜어줄 수 있었기를. 어쩌면 삶의 의욕이 마지막으로 불끈 솟은 순간 눈에 띈 지푸라기라도 되었기를 바란다.

그렇게 마지막 순간 손 뻗어 잡은 지푸라기가 생각의 전환을 주고, 꺼져가는 마음속 불씨를 살릴 수 있는 최소한의 힘이 되는 기적도 바라본다.